ARIS
VERLAG

DIE BEST MÖGLICHE VER MUTUNG

MANUEL GÜBELI

ROMAN

Bibliografische Information der Deutschen Nationalbibliothek:
Die Deutsche Nationalbibliothek verzeichnet diese Publikation
in der Deutschen Nationalbibliografie; detaillierte bibliografische
Daten sind im Internet über http://dnb.d-nb.de abrufbar.

Mit freundlicher Unterstützung

Unterstützt durch die Gemeinde Binningen

Alle Rechte vorbehalten
1. Auflage
© 2025, Arisverlag
(Ein Unternehmen der Redaktionsbüro.ch GmbH)
Schützenhausstrasse 80
CH-8424 Embrach
info@arisverlag.ch
www.arisverlag.ch | www.redaktionsbüro.ch

Umschlaggestaltung und Satz: Lynn Grevenitz | kulturkonsulat.com
Umschlagmotiv: Lynn Grevenitz | kulturkonsulat.com
Lektorat: Paula Fricke | Elisabeth Blüml
Korrektorat: Red Pen Sprachdienstleistungen e.U.
Druck: CPI books GmbH, www.cpibooks.de
Auslieferung: SüdOst Service GmbH
Am Steinfeld 4 | 94065 Waldkirchen | info@suedost-service.de
ISBN: 978-3-907238-46-2

EINS

ER

Wenn ich nicht schlafen kann, stelle ich mir vor, wie ich niedergeschossen werde. Zwei Kugeln in den Kopf. Nicht diese schlimmen Dinger, die beim Austritt noch ein Drittel des Hirns an die Rückwand klatschen. Die normalen. Die mit dem sauberen kleinen Eintrittsloch. Die, die dann steckenbleiben. Aber so genau denk ich da eigentlich gar nicht drüber nach. Denn ich habe Angst vor Schmerzen. Ich habe Angst vor Verletzungen. Vor Krankenhäusern sowieso. Ich habe Angst vor vielem. Aber der Gedanke an zwei Kugeln mitten in die Stirn, der Gedanke an diese kurze, auf eine minimale Fläche beschränkte massive Gewalteinwirkung, die meinen Kopf nach hinten schlägt, mich niederstreckt, mich aufschlagen lässt, dieser Gedanke beruhigt mich sehr.

Vielleicht, weil sich die anderen dann um alles kümmern müssten. Weil ich schlagartig für nichts mehr verantwortlich wäre. Zwei Kugeln im Kopf sind ja ein recht gutes Argument für so etwas. Dafür, erst mal gar nichts mehr zu tun. Nicht einmal mehr zu denken.

Aber vielleicht beruhigt es mich ja auch gar nicht deswegen. Ich weiß es nicht. Es ist mir ehrlich gesagt auch egal.

Nur heute klappt selbst das nicht wirklich. Dabei sollte ich eigentlich längst schlafen, peng, mich dringend erholen, peng, denn morgen ist ein wichtiger Tag. Oder so. Versuche ich mir selber vorzulügen. Denn natürlich ist morgen einfach ein weiterer hundskommuner Mittwoch, der sich nicht wesentlich vom vergangenen Mittwoch unterscheiden wird, geschweige denn von den sechs Tagen dazwischen. Und da liegt dann vielleicht auch mein Problem, das vom Nicht-einschlafen-Können und das meines Lebens allgemein. Ein Leben, das irgendwie mich gefunden hat und nicht umgekehrt. Ein Leben, das ich zwar theoretisch lenken kann, in dem ich allerdings noch immer nicht herausgefunden habe, wie man das Steuer bedient. Geschweige denn, wo es sich überhaupt befindet.

ELENA
Später würde sie sich an die absurde Normalität dieses Moments erinnern. An all die Menschen, die ihren alltäglichen Verrichtungen nachgingen, so, als wäre nichts geschehen. An die schlichte Banalität dieser historischen Stunden.

Sie würde zurückdenken an die alte Frau und deren verzweifelten Versuch, eine Getränkedose mit dem Gehstock vom Gehsteig wegzubekommen. Daran, wie dieser an sich simple Bewegungsablauf für diesen betagten Menschen in einen chancenlosen Kampf mit der Schwerkraft mündete und wie er begleitet wurde von einem Schwall an Flüchen, die inhaltlich zwar keinerlei Sinn ergaben, der Situation aber irgendwie angemessen schienen.

Oder an die zwei Teenager mit den schamgeröteten Gesichtern. Elena würde sich später immer mal wieder an deren scheue Versuche, sich gegenseitig für einen kurzen Moment in die Augen zu schauen, erinnern. Wie auch an die Vögel, die vor ihr um eine Schokoriegelverpackung stritten, ohne zu wissen, dass das Plastik zwar nach Essbarem roch, es aber natürlich nicht war.

Ignorance is bliss, sagte Elena leise und sie dachte dabei nicht an die Vögel.

Die Panzer standen zu diesem Zeitpunkt noch vier Häuserblocks entfernt. Zu einer gigantischen Formation aufgebaut, walzten sie systematisch alles Leben aus der Stadt. Weit in der Ferne hörte Elena auch bereits das leise Donnern der Marschflugkörper, die mit ästhetisch beeindruckender Präzision die ihnen vorbestimmte Choreografie aufführten. Und dann kam der Regen.

ER

Stark ist der Kaffee und heiß auch. Was beim Trinken einen Kontrast zu den nackten Füßen auf dem Küchenboden bildet. Oben heiß, unten kalt. Ich versuche, den Unterschied bei jedem Schluck bewusst auszukosten. Er fühlt sich gut an. Die Küchenuhr zeigt drei vor halb zehn und damit bin ich mäßig glücklich. Die frühen Morgenstunden, die ich so sehr schätze, aber nur selten erlebe, habe ich einmal mehr verpasst.

Schlürfen, heiß, kalt. Das Gewicht langsam auf die Fußballen verlagern, die Fersen anheben. Senken. Wieder anheben. Oben ausharren. Ich freue mich über die Kontrolle, die ich über meinen Körper ausübe. Und stelle dann fest, dass dieser Moment, in der Küche, vor dem Duschen, dass diese Zeit die einzige Zeit des Tages ist, in der ich barfuß gehe. Dann fällt mir auf, dass ich das schon einmal so festgestellt habe. Dass diese Feststellung also gar nicht neu ist, sondern eigentlich nur eine frühere Entdeckung zitiert. Ich frage mich, wie oft mir das wohl passiert, ohne dass ich es bemerke.

ER

Es klingelt und das ist gut, falls der Postbote etwas bringt, aber schlecht, wenn jemand anders etwas will. Es ist nicht der Postbote. Ich entferne mich vom Türspion, schlage frustriert gegen die Tür und öffne sie dann trotzdem für den Nachbarn, dessen Leben sich hauptsächlich um seine Wäsche dreht. Er legt los, und ja, und danke, und überhaupt, und er sei grad, und hallo, und der Trockner, und ob ich nicht kurz, und ja, und es komme ja so viel weg hier, und sein Enkel warte, eben der Enkel, der sei ja, aber hallo, eine Viertelstunde höchstens. Ich lüge ein Ja und schließe erschöpft die Tür. Drei Minuten mindestens bleibe ich mit dem Rücken an die geschlossene Tür gelehnt, lange genug jedenfalls, bis er sicher weg ist, der Mann, Herr Wäscheproblem. Den Inhalt seiner Bitte habe ich nicht wirklich mitbekommen, was aber auch egal ist, da ich sowieso nie daran gedacht habe, sie zu erfüllen.

Natürlich habe ich sehr wohl daran gedacht, denn ich bin ja ich. Und ich lebe leider ein Leben unter der Diktatur meines

Harmoniebedürfnisses. Hach, das war jetzt aber schön formuliert, da hätte die Wacker bestimmt Freude daran. Was leider auch nichts am Fakt ändert, dass ich die Bitte des Waschproblemmannes wirklich nicht mitbekommen habe. Also stehe ich da und ärgere mich. Darüber, dass bei mir damals, als ich für dieses Leben versandfertig gemacht worden bin, das Von-allen-geliebt-werden-wollen-Programm nicht direkt im Bundle mit dem Minimales-Interesse-am-Leben-anderer-Plugin installiert worden ist.

Ich entriegle vorsichtig die Tür und verlasse das Haus sicherheitshalber durch den Fahrradkeller. Mein Haus. Oder zumindest das Haus, in dem ich wohne. Das Haus, in dem aber auch derart viele andere Menschen wohnen, dass das Ignorieren derselben bereits anstrengend ist. Das Haus mit den vielen langen Balkonen auf der einen und der zur Zeit eingerüsteten uringelben Fassade auf der anderen Seite. Das Haus mit dem vom Architekten wohl als «Begegnungszone» konzipierten, in der Realität aber dauerverwaisten Kiesplatz im Osten und dem noch trostloseren Spielplatzansatz im Süden. Vorausgesetzt natürlich, es war überhaupt je ein Architekt in die Planung involviert. Danach aussehen tut das Gebäude nämlich nicht.

An der Bushaltestelle steige ich in den ersten Bus. Er biegt kurz vor dem Bahnhof links ab, was mich überrascht, obwohl ich wahllos in irgendeine Linie gestiegen bin. Ich werde etwas traurig, fahre aber trotzdem bis zur Endhaltestelle, wo ich sitzenbleibe, weil ich ja auch wieder zurück muss. Der Fahrer wendet das Fahrzeug jedoch nicht gleich, sondern steigt aus, steckt sich eine Zigarette an und schlendert dann hochgradig unangenehm um den Bus. Dabei schaut er immer wieder zu mir herein.

Ja, ich bleibe da drin, in deinem Bus, ich darf das, ich bin im Besitz einer Jahreskarte, kümmere dich um deinen eigenen Scheiß. Du bist Busfahrer, ich bin Raketeningenieur und ich habe einen verdammt guten Grund, warum ich hier sitzenbleibe.

Das ist, bis auf seinen Job, natürlich alles gelogen, es könnte aber durchaus auch wahr sein. Und wenn dem so wäre, dann stünde er jetzt wirklich saublöd da.

Ich ziehe mein Buch aus der Tasche und beginne, nach der Stelle zu suchen, an der ich beim letzten Mal gestört worden bin. Da ich die darin erzählte Geschichte nicht mag, habe ich auf ein Lesezeichen verzichtet. Eigentlich wollte ich das Buch sogar schon mehrfach entsorgen, aber weil man Bücher ja nicht entsorgt, habe ich beschlossen, es einfach auszusetzen. Konzept Tier-an-Autobahnraststätte. Einfach ohne Leine. Und ohne Autobahnraststätte. Und ohne Tier. Leider habe ich mich seither schlicht nie unbeobachtet genug gefühlt, um den Plan auch umzusetzen. Also trage ich das Buch noch immer mit mir rum.

Ich blättere lustlos durch die Seiten, überfliege die eine oder andere Stelle und sofort beginne ich, die Geschichte wieder zu hassen. Also! Denke ich. Und: jetzt oder nie. Ich werde das Buch aus Versehen auf einer der hinteren Sitzreihen des Busses liegen lassen. Damit das aber nicht in eine peinliche Situation ausartet, muss ich den Busfahrer schön im Auge behalten. Dummerweise scheint der nun aber gerade selbst Gefallen an der Observierung seines einzig übrig gebliebenen Fahrgastes gefunden zu haben. Ich versuche, mit einer Art Totenstarre sein Interesse an mir zu schmälern. Das funktioniert lange nicht und dann doch. Als er sich seine Niederlage endlich eingesteht, sich in Schmach abwendet und das Ganze mit dem Anzünden einer zweiten Zigarette kaschieren will, klappe ich das Buch zu, drehe mich hastig um und bin plötzlich Auge in Auge mit einer jungen Frau, die genau hinter mir sitzt.

Mein Herz steht vermutlich still und ich höre erst mal gar nichts mehr und dann sehr laut mein eigenes Blut pochen. Weil ihr Körper etwas nach vorne geneigt sein muss, berühren sich unsere Gesichter fast. Wir verharren regungslos in unserer Position, Gesicht an Gesicht. Ich konzentriere mich darauf, nicht zu sterben. Ihr Atem geht auch schnell, aber anders als meiner. So, als wäre sie gerade noch gerannt.

Wir atmen einander an.

In meinem Hirn erobert das Denkvermögen nur unendlich langsam etwas Territorium vom Schockzustand zurück. Die Frau riecht so, wie schöne Menschen riechen. Nicht parfümiert wie Menschen, die gerne schön sein möchten. Ihr Atem riecht nach Atem. Ihre Haut riecht nach Haut. Aber halt alles in schön. Und sie lächelt. Unsere Gesichter befinden sich zwar so nah aneinander, dass ich ihre Mundpartie nur erahnen kann. Aber ihre Augen lächeln laut genug.

Und dann redet sie. Klar und deutlich, ohne Hast. Mit fester Stimme. Lächelnd, aber todernst. Sie sagt, wir sollten uns jetzt küssen.

Ich sage nichts, weil meine Stimme nicht für solche Situationen geschaffen ist.

Sie sagt: Und zwar so lange, bis der Bus vor deiner Wohnung stehen bleibt.

Sie sagt: Und dann gehen wir da rauf zu dir und haben Sex.

Ich schlucke, oder schwitze, oder beides.

Sie sagt: Denn während die Welt zusammenbricht, sollte man nichts anderes tun.

Ich habe keine Ahnung, von was sie spricht, erachte es aber als möglich, dass mir dieses Wissen nur gerade entfallen ist.

Ich nicke und meine Stirn berührt dabei die ihre.

ELENA

Ob er sich auch manchmal vorstelle, dass er mehr wisse als all die anderen Menschen um ihn herum, fragte sie ihn. Dass er etwa als Einziger diesen einen entscheidenden Informationsvorsprung besäße, der alles Alltägliche ins Banale kippen ließe. Und er als Folge dessen Mitleid mit den anderen empfände oder sie, je nach Situation, um ihr Unwissen beneide.

Wie sie das meine.

Ob er sich, und das diene jetzt wirklich nur als Beispiel, auch schon mal vorgestellt habe, dass er als Einziger bereits von einem ausgebrochenen Krieg wisse. Dass er als Einziger Kenntnis von einem unmittelbar bevorstehenden unfassbar grausamen Angriff hätte. Gewissheit über ein nicht beeinflussbares finales Ereignis, das die Auslöschung von all dem, was uns ausmache, bedeute. Und dass er sich dabei, zur Hilflosigkeit verdammt, ausschließlich auf die Beobachtung des Momentes konzentrieren könne.

Nein.

Nackt und verschwitzt lagen sie auf seinem Bett, starrten an die Schlafzimmerdecke und warteten darauf, dass sich ihr Puls wieder zu normalisieren begann. Die Pause, die nach seiner letzten Antwort entstanden war, ließen sie gemeinsam noch etwas im Raum stehen, bis er sie schließlich mit einem Räuspern verjagte.

Hm, ja also, nein. Nicht so. Das mit der Hilflosigkeit vielleicht. Dass eine von außen erzwungene Hilflosigkeit etwas Befreiendes haben könnte. Das vielleicht. Ja, das.

Dann füllten wieder nur ihre Gedanken das Zimmer. Und weil von zwei Personen immer eine die Stille etwas weniger gut erträgt, fügte er weitere Sätze dazu.

In dem von ihr geschilderten Szenario aber sehe er sich, wenn überhaupt, eher auf der Seite der Unwissenden. So habe er sich etwa früher hin und wieder gefragt, ob sein Umfeld nicht vielleicht über etwas Bescheid wüsste, was ihm selbst nicht bekannt war. Etwas Essenzielles, das man ihm nie mitgeteilt hatte. Was etwa, so habe er überlegt, wenn er von Geburt an eine geistige Einschränkung besäße, diese aufgrund seiner eingeschränkten Hirnfunktionalität selbst aber nicht erkennen könnte? Und sich die Menschen um ihn herum einfach darauf verständigt hätten, es ihm nicht mitzuteilen? Aus Rücksicht oder einem anderen menschenverachtenden Grund?

Elenas Lächeln gewann augenblicklich an Intensität und weil die Zimmerdecke das nicht schätzen konnte, drehte sie sich zurück auf ihn. Sofort spürte sie seine Freude über diesen Positionswechsel zwischen ihnen und dann, nach einer kleinen Navigationskorrektur mit der Hand, in ihr.

ER
Ja. Es geht mir gut. So gut sogar, dass ich mich nicht erinnern kann, ob ich mich je besser gefühlt habe. Weil diese Information in ungefilterter Form aber unweigerlich weitere Nachfragen provozieren würde, beschränke ich meine ausgesprochene Antwort auf ein simples «Ja» mit angegliederter Pause. Das wiederum interpretiert Mutter am anderen Ende der Leitung natürlich als Einladung, mir ihren Berg an Alltagsproblemchen rüberzuschaufeln. Und weil ich diesen Ablauf bestens kenne, schalte ich jetzt gedanklich ab und pflanze einfach hie und da noch ein paar Hmhms, Sosos und Dasistabernichtguts in ihren Redefluss. Sodass in meinem Kopf neue Denkkapazität frei wird, was an sich toll wäre, wenn da jetzt nicht plötzlich die ersten Fragen an die Tür meiner heilen Welt klopfen würden.

Was ist da eigentlich vorhin geschehen? Mit Elena und mir?

Mit dieser Frau, von der ich eigentlich so gar nichts weiß, die selbst aber wirkt, als wisse sie alles über mich?

Woher kommt diese schlagartige Vertrautheit?

Mein grenzenloses Vertrauen?

Wie ist das nur möglich, und mehr noch: Wie ist so etwas bei mir möglich?

Ist das jetzt das Ding, das alle immer Liebe nennen? Und falls nein, was ist es dann?

Ja, was ist denn das jetzt da genau, das zwischen uns?

Was davon war Zufall, was nicht?

Warum bleibt meine übersensibel eingestellte Warnanlage absolut ruhig? Wo ist meine generelle Skepsis, wo meine Angst vor Bindung, vor Beeinflussung, vor Veränderungen generell?

Und warum sind mir die Antworten auf all diese Fragen so unglaublich egal?

Dann ist es plötzlich still in der Leitung und ich stelle mit etwas Verzögerung fest, dass die Sprachmelodie von Mutters Stimme am Schluss des letzten Satzes nach oben geführt haben muss, was auf einen Fragesatz schließen lässt. Erstaunt mich übrigens jedes Mal wieder aufs Neue, dass unser Hirn so eine Art Rückspulfunktion hat, um Dinge, die uns entgangen sind, im Nachhinein doch noch nachvollziehen zu können. Sodass man, wenn man einen Satz akustisch nicht genau verstanden hat, ohne nochmals nachzufragen einfach nur ein paar Sekunden warten kann. Und das Hirn in dieser Zeit dann die mitgekriegten Bruchstücke mit dem zwar irgendwie aufgezeichneten, in Realtime aber noch nicht ausgewerteten Audiofile abgleicht, um es nachträglich mithilfe des Erfahrungs-Plugins doch noch zum Ursprungssatz

zusammenzubasteln. Eine Funktion, die so wirkt, als sei sie von Apple erfunden worden, um die momentane Überforderung des eigenen Prozessors zu kaschieren, und von Meta dann so manipuliert, dass die Werbefirmen doch noch vor mir erfahren, was ich demnächst mitbekommen werde. Irgendwie. Jedenfalls ist diese Hirnfunktion mittlerweile sogar wissenschaftlich nachgewiesen worden. Nur will mir jetzt partout nicht mehr einfallen, wie der Fachbegriff dafür lautet. Vielleicht kann ich ihn mir ja von meinem Hirn wieder zusammenbauen lassen, wenn ich jetzt nur genug lange warte.
 Hallo?
 Achsojagenau. Mutter.

ZWEI

ER

Das erste Kärtchen klebt außen an meiner Wohnungstür. «Umdrehen» steht darauf. «Nicht die Karte. Dich.» steht auf der Rückseite. Ich schaue hinter mich und sehe das hässliche weiße Schuhregal meines Vormieters, das da nur noch steht, weil ich mich damals bei der Wohnungsübergabe nicht zu einem Nein habe durchringen können. Ich schaue mich weiter um und werde dabei leicht hektisch, weil hier jeden Moment irgendwo eine Tür aufgehen könnte und ich nur wenig mehr hasse, als im Treppenhaus irgendwelchen Nachbar*innen zu begegnen. So nahe am eigenen Safe Space doch noch von jemandem mit potenziellem Mitteilungsbedürfnis erwischt zu werden, fühlt sich immer wie die ultimative Niederlage an.

Völlig überraschend hilft die aufkeimende Hektik bei der Suche nicht, sodass ich erst die Übersicht und dann vom Geräusch der sich vier Stockwerke unter mir öffnenden Eingangstüre auch noch die Nerven verliere. Ich verstecke mich in meiner Wohnung, atme ein paar Minuten tief durch und öffne die Tür erst wieder, nachdem ich lange an ihr gehorcht habe.

Diesmal fällt mir schon beim ersten Schritt zurück ins Treppenhaus die mit Bleistift auf die Stirnseite des Schuhregals gekritzelte Karte auf. Ein Kreis markiert darauf einen Ort und am Ende des Pfeils, der auf diesen Kreis zeigt, steht «Donnerstag, 19 Uhr» und «Du bringst den braunen Stuhl aus deiner Küche mit.»

Ich bin gleichzeitig total erfreut und extrem verwirrt, was dazu führt, dass ich vollkommen vergesse, wie unwohl ich mich hier draußen eigentlich fühle. Die auf der Karte markierte Stelle muss eine Bushaltestelle sein und weil die Karte gut gezeichnet ist, weiß ich auch sofort welche. Ich feiere diese Entdeckung innerlich so lange, bis meine kalten Füße mich daran erinnern, dass ich ja im Treppenhaus stehe. Schlagartig kehrt die Hektik zurück und in einer ersten Übersprungshandlung teste ich die Radierfähigkeiten meines Daumens an der Skizze. Sie liegt auf einer Skala von eins bis zehn bei etwa zwei. Ich bin sofort etwas verzweifelt, obwohl das unsägliche Möbel ja mir gehört. Da mir auf die Schnelle aber keine andere Lösung einfällt, lasse ich die Zeichnung Zeichnung sein, gehe zurück in meine Wohnung und schließe die Tür. Dann setze ich mich in die Küche und bin erst mal ganz lange überfordert.

ELENA

Sie sah ihn schon eine ganze Weile warten. Er war zu früh, was einerseits am Busfahrplan lag, andererseits aber auch an ihm. Schließlich hätte es auch einen späteren Bus gegeben, den, der um zwei nach ankommen würde. Er hätte also auch einfach ein klein wenig zu spät kommen können. Wollte er aber offensichtlich nicht.

Obwohl er seinen Stuhl dabei hatte, stand er.

Sie war begeistert.

ER

Elena kommt von hinten angerannt, wirft mir noch bevor ich mich umdrehen kann ihre Arme um den Hals und küsst mich lang. Obwohl ich die ganze Szene mehr betrachte als miterlebe, genieße ich sie außerordentlich. Jetzt erst fällt mir auf, wie groß Elena eigentlich sein muss, denn ich küsse nach oben. Ich versuche, meinen Blick unauffällig nach unten gleiten zu lassen um herauszubekommen, ob sie hohe Schuhe trägt, bleibe dann aber an dem Bild hängen, wie Elena meine Hand langsam unter ihr Shirt schiebt. Ich schaue fragend in ihre hellblauen Augen. Die bereits tief stehende Sonne beleuchtet ihre rotblonden Haare effektvoll von hinten und sorgt so für eine Art Aura, die ihre helle Haut noch irrealer wirken lässt, als sie sonst schon ist. Das Licht lässt die Haare glühen und Elena lacht. Irgendwie lacht Elena immer und das ist wunderbar. Dann löst sie sich von mir, greift nach meiner linken Hand und nimmt meinen Stuhl in ihre andere. Wir gehen los und werden beide den Stuhl den ganzen Abend nicht ein einziges Mal erwähnen. Elena trägt keine hohen Schuhe.

Ihre Wohnung liegt gleich um die Ecke und ich erinnere mich, hier früher schon einmal vorbeigegangen zu sein, finde aber partout nicht heraus, wann das gewesen sein könnte. Das Gefühl sagt vor Kurzem, die Logik hält dagegen. Da ich den Straßenbelag in meinem Kopf als neu und makellos abgespeichert habe, muss es wohl doch schon länger her sein, schließlich wird der ganze Abschnitt gerade wieder neu geteert.

Woran ich mich klar erinnern kann, ist, dass mir das Haus, vor dem wir jetzt stehen und in dem Elena offensichtlich wohnt, schon damals aufgefallen ist. Weil ich fand, dass die Architektur des Gebäudes etwas Menschliches hat. Ich sage das Elena und sie sagt, ja, das liege an der ungleichmäßig strukturierten Fassade, den kleinen Erkern und den sich mit der Witterung farblich stetig verändernden Holzpaneelen.

Ich schaue Elena an, nicke und glaube, dass sie recht hat, hätte ihr in diesem Moment wohl aber auch das Gegenteil abgenommen.

Und dann stehen wir in ihrer Wohnung und ich bin überrascht, dass es da so aussieht wie es aussieht. Was verwirrend ist, denn bis gerade eben habe ich gar noch nie darüber nachgedacht, wie Elena wohl wohnen könnte. Ich bin also überrascht von etwas, von dem ich gar nie eine Vorstellung hatte, also auch keine, die sich nun als falsch hätte herausstellen können. Das ergibt keinerlei Sinn, was mir aber egal sein kann, denn jetzt stehe ich ja hier und weiß ab sofort und für immer, wie Elena wohnt. Mein Hirn wird sie, wann immer ich an sie denke, in diese Umgebung setzen können, in ein in mir unwiderruflich abgespeichertes 3D-Modell ihres Wohnraums.

Da ist erst mal der schmale und endlos lang wirkende Flur, der von Elenas Haus- und gleichzeitig auch Wohnungstür zu den zurückversetzten zwei Wohnräumen ihrer Erdgeschosswohnung führt. Da ist am Kopfende dieses Flures das kleine weiß gekachelte Bad, links davon eine ähnlich kleine Küche und rechts das Wohnzimmer, das für diese Art Bau eindrückliche Ausmaße hat und vermutlich erst durch das Entfernen einer Wand überhaupt zu dieser Größe gekommen ist. Da ist ebenfalls rechts und nur durch das Wohnzimmer erreichbar das kleine quadratische Schlafzimmer, das dank der hohen Decke etwa die Form eines Würfels hat. Und da wäre dann vor allem auch die Einrichtung dieser Räume. Sehr reduziert. Minimalistisch. Pragmatisch. Nicht kühl, aber praktisch. Einrichtung als Zweck.

Im Schlafzimmer steht ein riesiges, ebenfalls quadratisches Bett, das den Raum fast vollständig füllt. Sein Rahmen ist weiß, der Bezug ist es auch und der Raum selbst sowieso. Generell sind alle Wände der Wohnung leer, mit zwei Ausnahmen. Eine Wand im Wohnzimmer ist durchgehend mit deckenhohen Metallregalen verstellt, auf denen sich regelmäßig arrangierte graue Kunststoffboxen stapeln. Und an der stirnseitig zum Esstisch stehenden Wand hängen zwei kleine gerahmte Bilder, die je eine Frau und ein Kind ungefähr um die vorletzte Jahrhundertwende zeigen. Schätze ich mal.

Dann beginnt Elena zu reden und ich merke, dass wir beide noch kein Wort gesagt haben, seit wir hier in ihrer Wohnung stehen.

Ich bin nicht der Spitzendeckchen-Rüschentyp, falls du das gedacht haben solltest, sagt sie und muss gleich selbst darüber lachen.

Ich überlege, was ich darauf antworten könnte, und fahre dabei mit meinen Fingern sachte den Kanten einer Kunstoffbox entlang. Ich sage, dass ich die Wohnung sehr mag. Ich sage, dass Elena den kleinen Holztisch mit den zwei Stühlen zum unbestrittenen

Star des Wohnzimmers gemacht habe, indem sie ihm den notwendigen Platz lasse. Ich sage, dass der etwas abgenutzte olivgrüne Ohrensessel jedem Designsofa problemlos die Schau stehlen würde, weil man hinter seiner Herkunft eine Geschichte vermute.

Dann sage ich nichts mehr, um auf Elenas Reaktion zu warten. Und weil die nicht sofort kommt und ich, soviel habe ich ja bereits gelernt, Stille deutlich weniger entspannt ertrage als sie, füge ich jetzt noch Sätze an, die da eigentlich gar nicht hingehören.

Dass die zwei Bilder, na ja, vielleicht etwas austauschbar wirken, was aber auf eine seltsame Art wieder zu den normierten Lagerregalen und den Kisten passe, da diese Industrieprodukte ja speziell so gestaltet worden seien, dass sie jederzeit und ohne großes Aufheben ersetzt werden können.

Und noch während diese Worte meinen Kopf verlassen, beginne ich mich bereits für sie zu schämen. Was für ein bescheuerter, pseudointellektueller Scheißkommentar! Da lässt mich Elena in ihren privatesten und intimsten Ort und ich werde aus Angst vor einem klitzekleinen Moment Stille und dem unterschwelligen Gefühl, nicht clever genug für diesen außergewöhnlichen Menschen zu sein, zum lächerlichen Besserwisser.

Ich beschließe, mit einem Kompliment vom gerade Gesagten abzulenken, aber da der Arbeitsspeicher meines Hirns gerade mit Selbsterniedrigung ausgelastet ist, fällt mir kein einziges ein. Mein Blick huscht hektisch durch den Raum und bleibt dann wieder am Tisch hängen, den ich aber ja bereits gelobt habe, worauf ich mir vorzustellen beginne, wie ich mich in Fötusposition unter ihn lege.

«Austauschbar», wiederholt Elena interessiert und kommt dann langsam auf mich zu. Dann nimmt sie meinen Kopf in ihre Hände, zieht ihn zu sich und küsst mich tief und lange.

Als sie sich wieder löst, legt sie ihre Stirn an meine und flüstert. Wenn du wüsstest, wie richtig du damit liegst.

Einmal mehr fühle ich mich überfordert, von der Situation, von Elena, vom Leben. Da ich darin mittlerweile aber schon etwas Übung habe, sage ich nichts und drücke Elena einfach fest an mich. Sie versteht es als Aufforderung.

ELENA

Natürlich hatte er keine Ahnung. Natürlich wurde er von ihr gelenkt. Natürlich wusste er nicht, warum er hier war. Natürlich diente ihr seine Anwesenheit nicht nur zur Befriedigung ihrer Lust, auch wenn die jetzt, wo sie sich gerade über ihn beugte und sie sich gegenseitig leckten, überaus auf ihre Kosten kam.

Ja, natürlich benutzte sie ihn. Gewissensbisse hatte sie deswegen aber nicht, denn aus Elenas Sicht bestand kein Zweifel, dass er all dem auch willig zugestimmt hätte, wenn er zu diesem Zeitpunkt schon ihr Wissen besessen hätte.

ER

Der Weg zum Klo führt durchs Wohnzimmer und weil das Wohnzimmer jetzt im Dunkeln liegt, stoße ich mit meinem Schienbein heftig gegen etwas Hartes. Ich schreie auf und das Licht geht an. Ich weiß einen Moment lang nicht, worüber ich mehr erstaunt sein soll: dass es gerade ohne mein Zutun hell geworden ist oder dass ich in einem fremden Wohnzimmer gegen meinen eigenen Stuhl gestoßen bin.

Mit dem Adaptieren meiner Augen an die neue Lichtsituation lösen sich dann beide Rätsel, denn Elena steht lachend neben dem Lichtschalter und das mit dem Stuhl fällt mir jetzt, wo das Blut aus meinem Penis zurück in Richtung Hirn unterwegs ist, auch wieder ein.

Richtig, der Stuhl. Den habe ich ja mitgebracht.

Warum eigentlich? Denke ich. Frage ich aber nicht.

DREI

ER

Warum ich denn denke, dass ich hier sei, fragt sie.

Weil ich nicht früh genug abgesagt habe. Könnte ich sagen, aber das brächte dann ja auch wieder nichts. Denn die Wacker meint das natürlich so in der allumfassenden Art. Ein «hier» im Sinne von «hier auf der Welt». Die ganze Big-Picture-Kacke halt.

Ich meine, was für eine Frage. Als ob sie selber eine Antwort darauf hätte. Wonach ich natürlich nicht fragen kann, weil ich sonst nur wieder ein «EsgehthieraberumSie» hingelächelt bekäme. Worauf ich dann mit einem «Aber Sie können doch nicht etwas von mir verlangen, was Sie selber nicht einlösen können» zurückschlagen könnte, was sie wiederum damit kontern würde, dass ich hier mit meiner Logik nicht weiterkäme.

Als ob Logik je irgendwo hinderlich gewesen wäre. Logik ist das einzig Verlässliche. Finde ich, findet Frau Wacker aber nicht. Und weil ich das mittlerweile weiß, sage ich eben: nichts. Wie meistens während unserer Sitzungen. Und darum ähneln die in letzter Zeit immer mehr diesen Schachpartien auf enorm hohem Niveau, bei denen beide Beteiligten immer fünfzehn Züge in die Zukunft denken, alle Kontermöglichkeiten des Gegenübers gedanklich antizipieren – und dann schlussendlich erst mal gar nichts machen.

Nur dass das hier deutlich teurer ist als Schach. Und ich von vornherein nicht gewinnen kann.

Dabei gäbe es so viele Fragen, auf die ich ganz gerne Antworten hätte. Aber das ist ja eben das Ding, die Wacker gibt keine Antworten. Sie fragt nur. Und zwar so, dass ich dann die Antworten selber finden muss. Klingt bescheuert, bin ich aber halt vielleicht auch. Würde die Wacker jetzt bestimmt gleich wieder verneinen, oder nein, noch besser: relativieren. Denn ein Körnchen Wahrheit ist in meinen Aussagen ja immer drin und es gibt ja auch immer einen Grund dafür, dass ich ein Thema anstoße und blabla dies, blabla das, und einfach immer schön das Gesamtbild im Kopf behalten, gell, ganzheitlich denken, nur ja nichts gleich von vorneweg ausschließen. Und vor allem auch immer schön auf den Bauch hören. Auf den Bauch. Auf den fucking Bauch!

Wie kann jemand mit einer wissenschaftlich fundierten Ausbildung so etwas sagen? Als ob man auf seinen Bauch hören könnte. Aber dochdoch, ist ja wieder nur im übertragenen Sinn gemeint. Und darum macht sie, seit ich mal leise Kritik am Bauchdenkkomplex geäußert habe, nun zu allem Überfluss auch noch diese beschissenen Anführungszeichen-Gesten in die Luft. Nicht irgendwo natürlich, sondern, damit ich es auch ganz sicher mitbekomme, auf Höhe ihres Kopfes. Oder besser: ihres «Kopfes». Hahaha. Aber nein, pfui, da drückt ja schon wieder mein Zynismus durch und der imprägniert ja sowieso alles mit einer negativen Grundhaltung und das hilft uns hier jetzt ganz sicher auch nicht weiter, würde mein «Bauch» jetzt bestimmt sagen, wenn denn ein scheiß Bauch reden könnte!

Aber gut, ich versuche es, liebe Frau Wacker, tief durchatmen, eiiiin, auuuuus, ich höre ja auf den «Bauch». Ich tu es Ihnen, oder nein, natürlich *mir* zuliebe. Sonst kommt am Ende noch die böse Logik und drischt mit einem Baseballschläger auf unsere über Monate so sorgsam aufgebaute, fragile Gesprächsbeziehung ein. Und das wollen wir ja nicht, neinnein.

Darum sage ich auf Wackers Frage, warum ich denke, dass ich hier sei, einfach nichts.

Worauf sie zum nächsten Zug ansetzt.

Ich würde heute verändert wirken, sagt sie. Entspannter irgendwie. Ob ich etwas Schönes erlebt hätte in den letzten Tagen. Jemand Neues kennengelernt vielleicht.

Mir wird sofort heiß und kalt und die Panik steigt in meine Stirn und wirft dort laut schreiend mit Schweißperlen um sich. Dass ich mir möglichst nichts davon anmerken lassen will, macht die Sache natürlich auch nicht besser, jaja, bloß nicht an einen rosa Elefanten denken, scheiß Logik. Jetzt hätte ich sehr gerne den Baseballschläger.

ELENA

Die Kinder spielten wieder Ball, wobei sich Elena gar nicht sicher war, ob man das, was sie da taten, überhaupt so nannte. Sollte «Ball spielen» im umgangssprachlichen Gebrauch nämlich für Fußball reserviert sein, spielten diese Kinder hier definitiv nicht

Ball. Falls die Formulierung aber alle Sportarten umfassen sollte, die auf das Spiel mit einem Ball setzten, wäre sie hier im Großen und Ganzen wohl angebracht, dachte Elena. Wobei sich dann wiederum die Frage stellen würde, ob das, was diese Kinder hier ausführten, überhaupt als «Sportart» durchginge – schließlich deutete nichts von dem, was Elena bisher gesehen hatte, auf die Existenz fixer Spielregeln hin. Was aber auch nur dann wieder eine Rolle gespielt hätte, falls klare Regeln überhaupt ein Alleinerkennungsmerkmal für eine Sportart sind.

Schon lustig, dachte Elena, wie wir immer wieder das Gefühl haben, unsere Umwelt klar wahrnehmen zu können. Und dabei einfach großzügig ignorieren, dass jede Einteilung, jede Zuweisung bestenfalls eine Annäherung an etwas ist, was wir in diesem Moment zu wissen glauben. Eine gefühlte Wahrheit, basierend auf unserem momentanen persönlichen Wissensstand, der sich gerade an irgendeinem zufälligen Punkt seiner Entwicklung befindet.

Der Ball zirkulierte mit einer für Elena undurchschaubaren Logik unter den Kindern und hinterließ, wann immer er in Kontakt mit dem Boden kam, ein Geräusch, das für Elena etwas Haptisches besaß. Sie schloss die Augen, um das Geräusch noch bewusster fühlen zu können. Kaum hatte sie das getan, wurde sie von Schrittgeräuschen abgelenkt, die aus dem akustischen Gesamtbild fielen. Als sie die Augen öffnete, sah sie einen Erwachsenen, der sich zielgerichtet auf die Kinder zu bewegte. Sein Gang war zügig und der bescheidenen Körpergröße zum Trotz schienen seine Beine sehr darauf bedacht, mit möglichst großen Schritten vorwärts zu kommen. Als er die Gruppe schließlich erreicht hatte, begann er sogleich und ohne sich vorzustellen, auf die Kinder einzureden. Da keines von ihnen überrascht reagierte, ging Elena davon aus, dass der Erwachsene wohl in irgendeinem Verhältnis zu mindestens einem der Kinder stehen musste – auch wenn ihr nicht ersichtlich war, welches oder welche das betreffen konnte. Deutlich sichtbar dagegen war, dass der Erwachsene seine Anwesenheit so gestalten wollte, dass sie auch wahrgenommen wurde. Er begann ungefragt und in hoher Kadenz, irgendwelche Befehle in Richtung Spielfläche zu rufen, vermutlich mit der Absicht, dass die Kinder sich an den Regeln orientieren würden, die er für dieses Spiel als richtig erachtete. Bei den Spielenden stießen diese Vorgaben auf unterschiedlich großes Interesse – was den Menschen am Rand des Geschehens noch zusätzlich unglücklich zu machen schien. Seine Rufe wurden lauter und aggressiver, worauf Elena beobachten konnte, wie nun einzelne der Kinder – und zwar vor allem diejenigen, von denen Elena glaubte, dass sie sich selbst wohl als Jungs bezeichnen würden – ebenfalls damit begannen, andere zu maßregeln. Die erwachsene Person ihrerseits reagierte auf diese Entwicklung, indem sie diese «Jungs» zunehmend für das «Scheitern» «ihrer» Gruppe verantwortlich machte und als Folge davon besonders gehässig mit ihnen umging.

Elena, ob dieses Schauspiels gleichzeitig amüsiert wie auch betrübt, ließ ihren Blick auf dem Erwachsenen, der nun auch noch damit begann, am Rand des von ihm definierten Spielfeldes auf und ab zu gehen. Wie ein wildes Tier im Käfig, dachte

Elena, korrigierte diese Interpretation aber sofort wieder. Denn obwohl seine Bewegungen auf den ersten Blick so wirkten, als sei er unkontrollierbaren Trieben ausgeliefert, war der Erwachsene offensichtlich auch sehr darauf bedacht, eine sorgsam einstudierte Rolle aufzuführen. Eine Rolle, die von ihm offenbar verlangte, dass er sich so bewegte, als würden seine Schultern und Arme beim Gehen anderen physikalischen Gesetzen unterliegen als die gleichen Körperteile beim restlichen Teil der Bevölkerung.

Dieses Verhalten erschien Elena durchaus konsequent, hielt sich doch auch dieser Mensch einfach an seine eigene gefühlte Wahrheit. Eine, die sich an einem klar definierten Narrativ orientierte, das nicht nur ihn beeinflusst hatte, sondern uns alle mehr prägt, als uns eigentlich lieb ist. Diese strikte Unterteilung der Menschheit in Mann und Frau, dachte Elena, dieses binäre System, das wir derart in unsere Gesellschaft eingewoben haben, dass wir es, sofern wir uns nicht ganz bewusst dagegen wehren, geschätzt mit jeder dritten Handlung neu zementieren. Total unbeeindruckt davon, dass wir bereits seit Jahrzehnten wissen könnten, dass dieses Konzept schon rein biologisch betrachtet absoluter Mumpitz ist. Was uns aber irgendwie einfach nicht zu interessieren schien. Vermutlich, dachte Elena, weil es halt einfacher ist, einmal festgelegte Dinge nicht mehr hinterfragen zu müssen. Und weil dieses vorherrschende falsche Narrativ halt auch sehr erfolgreich propagiert wird – von denjenigen Menschen, die von der Verbreitung eines einfachen Weltbildes profitieren und zudem über die Mittel verfügen, um uns einreden zu können, dass wir diese reduzierte Sichtweise auch wollen. Und so, dachte Elena, sind wir als Gesellschaft halt aller neuer wissenschaftlicher Erkenntnis zum Trotz einfach weiterhin stolz darauf, dass irgendwann mal ein paar Tiere herausgefunden haben, dass das Zusammenfügen verschiedenförmig entwickelter Genitalien zu neuen Tieren führen kann. Womit wir uns dann auch nicht mit der Komplexität auseinandersetzen müssen, dass der Mensch schon allein biologisch betrachtet mindestens fünf verschiedene Ebenen von Geschlecht besitzt, die sich in ein und derselben Person auch munter widersprechen können, ohne dass wir es überhaupt mitkriegen – sodass halt weder ein Chromosom, geschweige denn die Form eines Geschlechtsteils als Alleinerkennungsmerkmal für das Bestimmen eines «biologischen Geschlechts» taugt.

Vom theatralischen Lachen des Erwachsenen aus ihren Gedanken gerissen, sah Elena, wie eines der Kinder inmitten des Geschehens verstört am Boden kauerte – während die erwachsene Person den anderen zurief, dass sie «den Schwächling» einfach ignorieren sollten.

Für Elena war damit der Zeitpunkt gekommen, in die Darbietung einzugreifen. Von allen weiterhin unbemerkt, ging sie die paar Meter zu einer Baustelle gleich neben ihr, duckte sich unter der Absperrung durch und verschwand kurz hinter einem Baucontainer. Dann kehrte sie an den Ort zurück, von wo aus sie das «Spiel» beobachtet hatte. Elena wartete, bis der Erwachsene mit dem Rücken zu ihr gerade zu einer weiteren Belehrung der

Kinder ansetzen wollte, und trat dann mit ihrem Fuß drei Mal heftig gegen den metallenen Mülleimer, der neben ihr stand.

Von diesem lauten Geräusch unerwartet von hinten erwischt, schnellte der Erwachsene um seine Achse. Er brauchte ein paar Sekunden, bis er das eben gehörte Geräusch dem doch einiges von ihm entfernten Mülleimer und diesen dann Elena zuordnen konnte. Elena gab ihm alle Zeit, die er brauchte. Sie stand einfach nur da, ließ ihren Blick auf seinen Augen und diesen Menschen mit seiner Überforderung alleine. Was für ihn, wie Elena richtig vorhergesehen hatte, ein Verhalten war, das er nicht einordnen konnte. Durch diese Verwirrung seines Selbstvertrauens beraubt, konnte Elena jetzt mitansehen, wie der Erwachsene von Sekunde zu Sekunde unsicherer wurde – was sich unter anderem darin zeigte, dass seine Hände unkontrolliert am Griff des mit Schaumstoff überzogenen hellgrünen Kinderbaseballschlägers, den er kurz zuvor dem «Versager-Kind» weggenommen hatte, herumzugreifen begannen.

Elena kostete den Moment noch etwas aus und begann dann die letzte Phase ihrer Intervention. Sie dehnte durch beidseitiges Schräglegen ihres Kopfes ihre Nackenmuskulatur und atmete dann tief ein, um ihren Körper in seiner ganzen Größe wirken zu lassen. Dann machte sie einen Schritt vom Mülleimer weg, sodass ihr Gegenüber jetzt das Stahlrohr sehen konnte, das locker in ihrer rechten Hand hing.

ER

Die Treppe ist imposant und ich starre sie einfach nur an und denke schade. Schade, steht die hier, in diesem Raum, und gehört nur irgendwelchen Managementmenschen einer Luxuseinrichtungsladenkette, die selbst wohl noch nie hier gewesen sind, außer vielleicht damals beim Eröffnungsfest dieses imposanten Neubaus, wo sie dann zugekokst getanzt haben zur Musik eines DJs, den sie zwar nicht kennen, der aber wenigstens teuer war, sodass sie seinen Stundensatz in ihre Konversation mit irgendwelchen Shareholdern einbauen konnten, mit denen sie viel zu laut an der Bar über die Wichtigkeit von Repräsentationsräumen diskutiert haben. Schade, dass solche Typen nun bestimmen können, wer diese wunderbare Treppe hier überhaupt benutzen darf. Was zum Glück nichts daran ändert, dass ich ihren Anblick jetzt, wo ich hier vor ihr stehe, in vollen Zügen genießen kann. Also zumindest etwa fünf Sekunden lang, denn dann schält sich eine Person aus dem räumlichen Gesamtkunstwerk, also konkret aus dem Schatten der Theke, die selbst wiederum perfekt unter die Treppe passt und deren Präsenz erstaunlicherweise sogar noch erhöht.

Die Frau trägt ein freundlich einladendes Lächeln im Gesicht, kommt auf mich zu und hat noch nicht die Hälfte ihres Wegs zurückgelegt, als plötzlich ein etwas älterer Mann in dunkelblauem Maßanzug ihre Aufmerksamkeit erräuspert. Eine kleine unscheinbare Kopfbewegung seinerseits stoppt nun nicht nur ihren Gang, sondern führt sogar dazu, dass sie sich ohne Zögern und nun auch ohne Lächeln wieder zurückzuziehen beginnt.

Dafür bewegt sich nun der Anzugtyp auf mich zu, mit dieser wunderbar over-acted Selbstsicherheit, die er abends jeweils vor dem Schlafzimmerspiegel übt, kurz bevor er dann seinen Anzug ablegt, sein Hemd auszieht, seine neuen grauen Haare zählt, den Bauch einzieht, die Brust rausdrückt und im Badezimmer schließlich ein paar Selfies von sich macht, Tinder, you know.

Jedenfalls kommt dieser Mensch mit dem «Assistant Store Manager»-Schildchen auf der Brust jetzt auf mich zu und wirft mir sofort seinen Kann-ich-Ihnen-helfen-Scheiß vor die Füße, diese vier Worte also, die nur so triefen vor überheblichem Klassendenken und die für diesen Menschen in dieser Situation natürlich total Sinn machen, weil sie in seinem Wertesystem ja angemessen wirken für jemanden mit meiner Erscheinung, mit meinem Auftreten, meiner Kleidung, und mir gleich auch die Rolle zuweist, die ich aus seiner Sicht zu spielen habe: diejenige des Parasiten, der sich in diesem «Store» sowieso nichts leisten kann und möglichen wertvollen Kunden nur die kostspielig gefilterte Luft wegatmen will.

Danke, helfen können Sie nicht, aber ich schaue mich gerne etwas um, sage ich, worauf er tatsächlich sagt, dass das, was sie hier anbieten würden, vermutlich «above my paygrade» sei. Und das ist natürlich nicht nur äußerst überheblich, sondern auch noch unfassbar dumm, weil der von ihm gewählte englische Ausdruck leider überhaupt nicht das bedeutet, was dieser Mensch gerade denkt, das er bedeutet. Ich versuche, die in mir aufsteigende Wut zu zügeln, indem ich mir vorstelle, wie lange er diesen Ausdruck wohl schon falsch verwendet, worauf sich mein Gesicht tatsächlich wieder zu entspannen beginnt und sogar ein mitleidiges Lächeln zu formen vermag.

Hm, sage ich und lege dann eine dramatische Pause ein, hm, diese Redewendung würde ich an Ihrer Stelle dann vielleicht doch lieber noch mal googeln, worauf er mich verwirrt ansieht und sich nicht entscheiden kann, was sein Mund nun sagen soll. Und während er da so steht und schweigt, breche ich die Stille mit der Ergänzung, dass er sich darüber aber bitte keine Gedanken machen solle, jedenfalls nicht jetzt, denn er werde hier ja fürs Arbeiten bezahlt und denken könne er später wieder, in seiner Freizeit, von der er übrigens ab heute Abend sowieso mehr als genug haben werde.

Worauf er – jetzt wenigstens ehrlich aktiv aggressiv – fragt, was ich denn damit sagen wolle. Ich schaue ihm in die Augen, atme möglichst gelangweilt ein und verrate ihm dann, dass in einer guten Stunde ein Memo an alle in diesem Einrichtungshaus Beschäftigten rausgehen werde. Eine Mitteilung mit der Info, dass der gesamte Geschäftszweig, in den dieser – und jetzt mache ich tatsächlich die Wackerschen Luftanführungszeichen – «Brand» hier eingebettet ist, an eine neue Investorenfamilie übergegangen sei.

Und weil er auch mit dieser Info natürlich noch nichts anfangen kann, stelle ich ihm noch ein kleines Rätsel. Er dürfe jetzt drei Mal raten, wer von all den Leuten in diesem Raum wohl neu im Verwaltungsrat dieser Firma sitze.

Und dann auch noch drei Mal, für welchen Mitarbeiter hier drin es wohl keine Zukunft in diesem Unternehmen mehr geben werde.

Und nein, das alles habe ich natürlich wieder mal nicht gesagt. Sondern wie üblich nur in meinem Kopf redefertig ausformuliert und durchgespielt, sodass dieser Arschlochmensch, der da noch immer vor mir steht, nichts von all dem mitbekommen hat und nun auch nie erfahren wird, dass ich ihm zumindest eine Stunde Angst und Zweifel hätte bescheren können, die seine Selbstachtung dann derart erschüttert hätte, dass er keinem seiner Freunde je davon hätte erzählen können.

Aber eben, das ist nicht passiert, weil ich wieder mal zu feige war. Und das ist dann halt schlussendlich genauso schade wie die Tatsache, dass diese wunderbar gestaltete Treppe nur für Menschen da ist, die sich in diesem pervertierten System durch reiche Eltern oder andere Betrügereien ausgezeichnet haben.

Ich verlasse den Laden aufgewühlt und nehme mir auf dem Heimweg sehr fest vor, die eben erlebte Erniedrigung für einmal nicht zu nahe an mich ranzulassen. Dann ärgere ich mich den Rest des Abends darüber, dass mir das nicht gelingt. Um irgendwie mit dem Ärger umgehen zu können, gehe ich im Dunkeln spazieren und gebe mir dabei Mühe, nicht mehr an die Treppe und dafür an Elena zu denken. Und das klappt tatsächlich auch, denn plötzlich ist die Treppe wieder sehr weit weg. Also nur im übertragenen Sinne, weil im wortwörtlichen liegt sie gerade genau vor mir, nicht die von heute Nachmittag zwar, aber eine, die vom Kirchhügel, auf dem ich mittlerweile stehe, wieder nach unten führt. Ich schaue hinunter auf die Stadt und vermute, dass ich diese vielen Stufen wohl gerade von Gedanken betäubt hinaufgestiegen sein muss, ohne sie richtig wahrgenommen zu haben. Und dann muss ich lachen. Darüber, dass das jetzt schon die zweite Treppe ist, über die ich heute nachdenken muss, ja, ich lache über diesen «Treppenwitz» sozusagen, was ja lustigerweise nicht die Bezeichnung für Witze über Treppen ist, sondern für Witze, die einem in einer entscheidenden Situation zuerst nicht und dann erst auf der Treppe nach draußen einfallen, was jetzt in seiner ganz eigenen Weise wieder lustig ist, da das ja ein bisschen zu meinem heutigen Erlebnis mit Treppe Nummer Eins passt, was mir wiederum aber erst jetzt hier, auf Treppe Nummer Zwei, eingefallen ist. Und dann fällt mir auf, dass das alles vielleicht doch gar nicht mal so lustig ist, ich aber trotzdem vom Lachen bereits nasse Wangen habe und darum wohl aus einem ganz anderen Grund lachen muss.

Ich lache aus purer Erleichterung. Darüber, dass sich die dunklen Wolken in meinem Kopf immer sofort verziehen, sobald ich an Elena denke.

Die Tritte nach unten nehme ich fast schon hüpfend und ja, die andere Treppe ist hübscher, aber das ist gerade so unglaublich egal und diese hier ist dafür richtig lang und auch noch für alle da.

Ist ja auch ein anständig hoher Hügel. Mit dieser Kirche oben drauf. Warum auch immer die all diese Kirchen auf Hügeln gebaut haben. Vermutlich weil sie näher an Gott sein wollten. Wobei der Anteil der Strecke, die sie damit gewonnen haben, so vernichtend klein ist, dass er auf die Gesamtstrecke gesehen irrelevant erscheint. Was in einer Religion aber ja nicht ins Gewicht fällt, denn Logik ist bekanntlich der Feind des Glaubens. Zumindest immer dann, wenn sie nicht gelegen kommt. Und dann fällt mir ein, dass es natürlich auch noch darauf ankommt, wo die Gläubigen dieser Kirche ihren Gott überhaupt verorten, weil wir haben ja nicht mehr Irgendwas kurz nach Christus oder Mittelalter und Gott muss längst nicht mehr zwingend «oben» sein, sondern ist vermutlich eher «überall». Sprich, sowohl auf dem Hügel als eben auch unten, gleichzeitig selbstverständlich, was ihn zu einem Pawlow'schen Gott macht, ah nein, Moment, Pawlow war der mit der Klingel, wer war denn noch gleich der mit der Katze und der Kiste, ah, Schrödinger!, es macht ihn zu Schrödingers Gott! Wobei, das stimmt ja auch wieder nicht ganz, weil Gott ja nicht tot ist, wobei für mich eigentlich schon, für die Kirchenfans jedoch nicht, hm, was ihn also doch gleichzeitig tot und lebendig und damit ja wirklich zu Schrödingers Gott macht! Vielleicht sollte ich ja damit beginnen, neben jede Kirchentür einen mit «Schrödinger» beschrifteten Klingelknopf zu installieren.

Aber wo war ich? Ah ja. Wenn deren Gott jetzt wirklich schon damals, als diese Kirche gebaut worden ist, überall war, macht es ja noch viel weniger Sinn, dass sie all diese Steine da auf diesen Hügel raufgeschleppt haben. Oder null Sinn sogar – was für eine Religion ja aber sogar noch Ansporn sein kann. Aber hey, vielleicht liege ich ja auch grundsätzlich falsch und Gott wurde erst beim zweiten Vatikanischen Konzil von «im Himmel» zu «allgegenwärtig» upgegradet, ach, was weiß ich, ich weiß zu wenig, aber dumm ist es allemal, da oben ein Haus zu bauen für jemanden, der kein Haus braucht.

Ups! Beinahe ausgerutscht. Nasse Treppe. Haha good one, Gott, good one.

ELENA

Es klingelte an ihrer Tür. Erst etwas zu kurz, dann, nach einem Mini-Unterbruch, zögerlich noch einmal, diesmal aber länger. Was Elena verriet, dass sich die Person am Knopf nicht sonderlich sicher fühlte in ihrem Vorhaben. Eine Information, die ihr auch visuell bestätigt wurde, denn Elena hörte das Klingeln nicht im Innern ihrer Wohnung, sondern draußen, während sie gerade dabei war, sich ihrem Zuhause zu nähern. Und damit, von ihm gänzlich unbemerkt, auch ihm. Elena hatte deshalb auch beobachten können, wie er beim ersten Klingeln zusammengezuckt war, erschrocken vom selbst verursachten Geräusch, das ihn durch das auf Kipp gestellte Fenster offensichtlich lauter erreicht hatte als erwartet.

Elena musste darüber lachen und merkte, wie gut ihr das gerade tat nach diesem erschöpfend langen Überzeugungsgespräch mit dieser von sich selbst eingenommenen, letztendlich aber wenigstens käuflichen Querulantin, von dem sie sich gerade auf dem Rückweg befand.

Freudig erregt, ihn endlich wiederzusehen, ging sie in seinem Rücken weiter auf ihn zu. Als sie ihn erreicht hatte und keinen Meter hinter ihm noch immer vollkommen unbemerkt mitansehen konnte, wie nach der fehlenden Reaktion aus dem Haus auch noch der letzte Funken Mut aus ihm wich, musste Elena aktiv ein Kichern unterdrücken.

Dann holte sie lautlos Luft, neigte ihren Kopf in seinen Nacken und flüsterte ihm direkt ins Ohr.

Die Person, die Sie suchen, ist weggezogen, weil sie Angst hatte, sie könnte sich zu sehr verlieben.

Er erschrak derart stark, dass seine Brustmuskeln reflexartig Luft aus seiner Lunge pressten und einen so seltsamen tiefen Laut produzierten, dass Elena bereits vor der Mitte ihres Satzes jegliche gespielte Ernsthaftigkeit verlor und die letzten Worte in ihrem glucksenden Lachen ertranken.

Dann lachte auch er. Vor Schreck, aus Erleichterung, vor Überforderung, egal, er lachte und ihr gemeinsames Lachen steigerte sich gegenseitig immer weiter, bis die Kraft in ihren Beinen nachließ und sie sich tränenüberströmt vor Elenas Tür hinkauern mussten. Dort lachten sie dann so lange weiter, bis auch die Bauchmuskeln nachgaben, worauf sie sich zu küssen begannen.

Eine Flur-Durchquerung und mehrere zurückgelassene Kleidungsstücke später konnte Elena dann feststellen: Hier in ihrem Bett war er sich absolut sicher in dem, was er tat. Was sich merklich für beide auszahlte.

ER

Nichts geht über Kaffee in der Morgensonne meiner Küche. Habe ich bis vor Kurzem noch gedacht, denke ich heute aber nicht, denn die letzten sechs Stunden waren doch noch um einiges besser als das hier gerade. Ich grinse mein Glück gegen die Scheibe. Dann trinke ich einen weiteren Schluck, nackte Füße auf dem Küchenboden, oben heiß, unten kalt. Das Gewicht langsam auf die Fußballen verlagern, Fersen anheben. Holy! Das ist dann wohl die Kirchentreppe, da in meinen Füßen. Langsam wieder senken. Die Treppe oder aber das nach Hause Hüpfen von heute Morgen einmal quer durch die Stadt, weil Elena so früh losmusste, dass die Busse noch geschlafen haben. Oben ausharren, noch ein klein wenig länger. Die Fußmuskeln krampfen und das war mir noch nie so egal, denn ich bin gerade derart glücklich, dass ich sogar bereit wäre, Gott dafür zu danken, wenn es ihn denn gäbe. Wobei, warum so vernunftorientiert, ich bin schließlich verliebt, danke Gott, dankedanke Gott, dass du das alles möglich machst!

Ich wiederhole die Lobpreisung laut und immer lauter, dann beginne ich, sie sogar zu singen, so wie es in diesen Gospelgottesdiensten immer gemacht wird, oder sagen wir so, wie mir Hollywood sagt, dass es in Gospelgottesdiensten gemacht wird.

Danke Gott Allmächtiger! Gepriesen seist du für diese letzte Nacht! Ewige Dankbarkeit schuld' ich dir! Eine Kirche zur Lobpreisung werde ich dir bauen! Einfach nicht auf einem Hügel, weil irgendwann ist ja auch genug.

Halleluja!

Ich lache über meine eigene Performance und weine gleichzeitig ob des Krampfs, der meine immer noch auf den Zehen stehenden Füße jetzt zu einem Tempel des Schmerzes macht.

Dann sinke ich langsam in die Knie, denn dort, wo ich in meiner Küche gerade bin, gibt es neuerdings ja keine Sitzmöglichkeit mehr. Dafür stehe ich jetzt mit vier Stuhlbeinen in Elenas Leben.

ELENA

Eine halbe Stunde war vergangen, seit sie, und somit auch er, ihre Wohnung verlassen hatte. Damit war genug Zeit verstrichen, dass Elena sich langsam wieder auf den Rückweg wagen konnte, ohne dabei Gefahr zu laufen, ihm irgendwo im Quartier noch zu begegnen.

Der Morgen war noch so früh, dass die Sonne gerade erst die obersten Etagen der höchsten Häuser erreichte, und gleichzeitig doch schon spät genug, dass Elena einen Bäcker fand, der ihr durch ein kleines Fenster bereits Kaffee verkaufte. Sie gönnte sich den größtmöglichen Becher, spazierte damit weiter und machte jedes Mal kurz Halt, wenn sie einen Schluck daraus trank. Elena genoss, wie der Kaffee sie von innen wärmte, während die kühle Morgenluft ihre Haut von außen schaudern ließ.

An einer Ampel, die um diese Zeit noch orange blinkte, hing ein Zettel mit dem Bild einer vermissten Katze. Elena riss ihn von der Stange, faltete das Papier im Weitergehen zu einem kleinen Rechteck und steckte es in ihre linke hintere Hosentasche. Ohne erkennbaren Grund wechselte sie auf gerader Strecke mehrfach die Straßenseite und steckte schließlich noch zwei weitere Exemplare des Katzenaushangs ein. Ihre Gedanken beschäftigten sich während all dem mit dem Geschehen der letzten Stunden.

Die Nacht war wunderbar gewesen, magisch fast schon, die Nähe, die Vertrautheit, das Verständnis, ihre Körper, das immer wieder übereinander Herfallen, das nebeneinander Dösen, das miteinander Lachen, sehr viel Lachen. Alles hatte sich derart richtig angefühlt, dass es Elena dann in den frühen Morgenstunden, als er doch noch eingenickt war und sie allein wach lag, plötzlich zu viel geworden war. In ihr hatte das rasant wachsende Gefühl der totalen Verschmelzung derart von ihrem Bewusstsein, ihm gegenüber nicht mit vollständig offenen Karten zu spielen, divergiert, dass Elenas Hirn irgendwann beschlossen hatte, diesen Spagat nicht weiter ertragen zu wollen. Weshalb es den kognitiven Teil auf ein Minimum runtergefahren und ihren Körper in den Fight-or-Flight-Modus versetzt hatte. Daraufhin hatte Elena ihren Wecker heimlich so gestellt, dass er fünf Minuten später klingeln würde – was der dann auch tat. Worauf Elena sich mit einem knappen «So, ich muss los» in Richtung Bad davongemacht hatte – um sich dort erst mal der Situation entziehen zu können. Unter der laufenden Dusche erst fiel ihr dann ein, dass da draußen in ihrem Bett ja jetzt jemand wartete, den sie nicht nur abrupt aus dem Tiefschlaf gerissen, sondern mit ihrem brüsken Verschwinden auch noch vor den Kopf gestoßen haben musste.

Viele Minuten unter dem viel zu warmen Wasserstrahl später erinnerte sich Elena dann aber daran, dass er am Abend zuvor ja ohne Vorankündigung zu Besuch gekommen war und zudem generell so wenig über ihr Leben wusste, dass er durchaus auch davon ausgehen konnte, dass ihre Übersprungshandlung etwas mit ihren normalen Verpflichtungen und somit nichts mit ihm zu tun hatte.

Was er tatsächlich auch tat, wie sie, als sie schließlich mit triefend nassen Haaren ins Schlafzimmer zurückgekehrt war, feststellen konnte. Er empfing sie nicht nur hellwach und bereits halb angezogen, sondern auch noch bestens gelaunt. Selbst ihr verspätetes Angebot, ruhig noch etwas liegen zu bleiben und sich einen schönen Morgen in ihrer Wohnung zu machen, schlug er dankend aus – mit der Begründung, dass er diese perfekte Nacht lieber mit einem Frühestmorgenspaziergang nach Hause abschließen wolle. Was Elena sehr gelegen kam, da sie so nicht einen halben Tag in der Stadt verbringen musste, bis ihre Wohnung wieder leer gewesen wäre.

Erleichtert, dass er ihr Fluchtverhalten nicht als solches gelesen hatte oder es zumindest nicht als solches hatte lesen wollen, hatte sie ihn mit einem langen Abschiedskuss auf seine Heimreise geschickt. Und sich dann, um den Schein zu wahren, selbst in die Gegenrichtung aufgemacht.

Als Elena nun die Tür zu ihrer Wohnung wieder aufschloss, war ihr bereits bewusst, dass ihr kurzer nächtlicher Aussetzer durchaus auch sein Gutes hatte. Denn die Leichtigkeit, mit der sie ihn heute Morgen hatte loswerden können, stellte zwei Dinge klar.

Erstens: Er traute ihr.

Und zweitens: Er traute ihr alles zu.

Die Kombination aus diesen beiden Fakten beruhigte Elena sehr.

VIER

ER

Diesmal finde ich das Kärtchen im Briefkasten. Es ist mit einer Klammer an einen Zettel von Herr Wäscheproblem geheftet, auf dem dieser irgendwas von einer fehlenden Bluse faselt. Auf Elenas Kärtchen steht: «Sonntag, 20 Uhr, meine Tür ist angelehnt. Und wir sollten über deinen Blusenfetisch sprechen.»

Sehr gut, denke ich und so fühle ich mich auch. Ich gucke nach oben, aber weil sich in den Fenstern der Himmel spiegelt, sehe ich nicht, ob mich der Wäsche-Sheriff gerade beobachtet oder nicht. Ich entscheide mich, auf Nummer sicher zu gehen, halte seinen Zettel theatralisch hoch, zerknülle ihn und kicke den Papierball schließlich in hohem Bogen in die Hecke. Leider wird der Bogen dann doch nicht ganz so hoch wie geplant, worauf ich den nur zirka einen Meter neben mir liegenden Papierknäuel möglichst unauffällig in meine Hosentasche verschwinden lasse.

ELENA

Jetzt. Die Antwort auf die ihr Denken seit Wochen dominierende Frage lautete: Jetzt. Ihr Projekt war genügend weit fortgeschritten und die Vertrautheit zwischen ihnen an einem Punkt angelangt, an dem weiteres Hinauszögern die Chancen auf eine positive

Reaktion seinerseits wohl nicht mehr steigern würde. Eher senken sogar, dachte Elena, denn je länger sie ihn noch im Ungewissen ließ, desto eher könnte er ihr später die Inszenierung ihres gemeinsamen Glücks zugunsten eines übergeordneten Zweckes übelnehmen.

Also jetzt.

Natürlich war da auch das Risiko, dass er gar nicht mitspielen würde. Und damit alles scheitern könnte. Aber diese Möglichkeit wurde ihrer Meinung nach nun nicht mehr groß vom Zeitpunkt seiner Einweihung beeinflusst. Elena war sich sicher, getan zu haben, was sie tun konnte. Sagte sie sich immer wieder.

Der Entscheid war gefallen.

Jetzt.

Dieser Sonntagabend also würde alles unaufhaltsam ins Laufen bringen. Dieser Moment würde später im Rückblick als der Point of no Return festgehalten werden.

ELENA

Für einen Sonntagabend war die Welt vor ihrem Wohnzimmerfenster erstaunlich laut. Sie stützte sich mit beiden Händen auf den Sims, lehnte sich etwas hinaus und schaute in den Hof. Zwei Katzen stritten. Dann bestieg die kleine die große, was erstere zu einem Kater machte.

Wie ein winzig kleines Stück Information das Gesamtbild doch verändern kann, dachte Elena. Sie war nicht sicher, ob das ein gutes Zeichen war oder gar keines.

ER

Für einen Sonntagabend war der Bus erstaunlich voll. Denke ich, während ich die letzten Meter von der Haltestelle zu Elenas Wohnung gehe. Ich schaue auf meine Füße, wie sie mich vorwärts bringen, wie sie sich vom Straßenbelag ab- und meinen Körper nach vorne stoßen, möglich gemacht durch die Schwerkraft und den Fakt, dass weiche Gummisohlen auf rauem Asphalt genug Reibungswiderstand bilden, damit meine Muskeln mich zuverlässig in eine Richtung schieben können, Schritt für Schritt, ruhig und gleichmäßig, links, rechts, wieder links.

Ich stelle mir vor, wie ich selbst an Ort und Stelle bleibe und mit meinen Füßen die Welt nach hinten stoße. Das tue ich oft und gerne, besonders dann, wenn ich, wie beim Joggen, Zeit überbrücken oder, wie jetzt, rasende Gedanken zähmen muss.

Fuß nach vorne, Körperschwerpunkt folgt, Straßenbelag nach hinten wegstoßen – eins –, anderer Fuß nach vorne, Schwerpunkt folgt, Straße nach hinten – zwei –, Fuß, Schwerpunkt, Straße weg – drei –, Fuß, schon lustig, wie mein Kopf bei repetitiven Handlungen mittlerweile reflexartig mitzuzählen beginnt – vier –, Fuß, Schwerpunkt, Straße – fünf –, Fuß, Schwerpunkt, Straße, und dann fällt mir plötzlich auf, dass diese Straße irgendwie gar nicht mehr so neu aussieht, wie sie eigentlich aussehen müsste, so kurz nach den Belagsarbeiten, die hier gerade eben noch stattgefunden haben. Ich versuche, meine Aufmerksamkeit wieder aufs Zählen zu verlagern, aber meine Augen bleiben auf dem vorbeiziehenden Boden und ja, tatsächlich, da sind bereits wieder so notdürftig überpinselte Risse inmitten dieser neu gemachten Oberfläche, die, wie ich jetzt erst bemerke, auch sehr viel heller ist, als es frisch geteerte Straßen normalerweise sind. Ähnlich hell sogar wie die Straße vor den Belagsarbeiten gewesen sein muss, was seltsam ist, denn für ausgebleichten Teer braucht es in meiner Logik nicht nur Dinge wie Sonne, Regen und was da sonst noch alles runterkommt, sondern vor allem auch sehr viel Zeit. Und dennoch scheint dieser neue Belag von Anfang an wieder alt.

Ich bin verwirrt. Einerseits wegen des Belags, andererseits aber auch, weil diese ehemalige Baustelle nun schon zum zweiten Mal Verwirrung in mir auslöst. Ich frage mich, ob mir eventuell einfach mein Erinnerungsvermögen einen Streich spielt und da gar nie eine Baustelle war oder ob hier Chemikaliendämpfe aufsteigen, die meine Wahrnehmung beeinträchtigen, oder ob es kürzlich eine Verschiebung im Raum-Zeit-Kontinuum gab, von der mir einfach niemand erzählt hat. Ich empfinde sämtliche dieser Erklärungsansätze als nicht sehr überzeugend und verschiebe weitere Überlegungen dazu auf später, denn mittlerweile bin ich da.

Die Tür ist wie versprochen nur angelehnt und gibt schon beim ersten kleinen Schubser Elenas langen Flur frei. Ich ziehe meine Schuhe aus, schließe hinter mir zu und versuche dann, den Flur so geräuschvoll wie nur möglich zu durchschreiten – in der Hoffnung, dass Elena mich so kommen hört. Und weil lautes Gehen auf Socken gar nicht mal so einfach ist, füge ich auf den letzten Metern vor dem Wohnzimmer sicherheitshalber noch ein Räuspern hinzu. Dann trete ich in Elenas Blickfeld und kröne meinen Auftritt mit einer während der Busfahrt sorgsam einstudierten Eröffnungsnummer.

Blusenlieferung für Frau ..., sage ich, während mein Blick sich auf ein fiktives Kärtchen in meiner linken Hand senkt.

Kohlbach... Kohl...bich...lr ..., ähm, hier und hier und hier ihre Initialen bitte.

Laut ausgesprochen wirkt meine Kurzinszenierung leider sehr viel weniger witzig als eben noch in meinem Hirn. Darum trete ich nun deutlich weniger selbstsicher als geplant zu Elena ins Wohnzimmer.

Der Tisch ist gedeckt für zwei. Vier Kerzen brennen, zwei auf dem Tisch, zwei auf dem Fensterbrett. Elena sitzt. Sie lächelt, natürlich lächelt sie. Aber irgendwie hat ihr Lächeln zum ersten Mal auch einen leisen Unterton. Es ist nicht so rein wie sonst, wirkt fast ein wenig inszeniert. Was wiederum perfekt ins ganze Bühnenbild passt.

Elena steht auf und pariert meinen mäßig gelungenen Auftritt mit Leichtigkeit.

Die Batik-Blusen mit den Delfinen im Airbrushdesign? Fragt sie. Und dann: Sind sie auch wirklich alle in Übergröße?

Ich lache laut und Elena weist mich mit einer wunderbar weichen Geste, wie ich sie nach einem halben Jahr Training nicht hinbekommen würde, auf den freien Stuhl. Auf meinen Stuhl. Den aus meiner Küche.

Ich setze mich. Es gibt Spargelsalat, es gibt Karottensuppe, es gibt Antipasti, es gibt Quarktaschen, es gibt Panna Cotta, es gibt viel zu erzählen. Sagt sie. Und jetzt ist ihr Lächeln wieder rein.

Auf uns. Sagt sie.
Auf uns. Sage ich.

ER

Mit den Antipasti kommt Elena zur Sache.

Was, fragt sie, was ist dein Lebenszweck?

Ich bin kurz irritiert, denn bis hier hin hat sich unser Gespräch nur um alltägliche Dinge wie Baustellen oder die Abtreibungsfrage gedreht. Ich halte kurz inne, denke nach und dann fällt mir erst auf, wie sehr ich die Frage mag. *Ihre* Frage, die halt so ganz anders daherkommt, als wenn die Wacker sowas fragt. Ich versuche, mit einem Lächeln etwas Zeit zu gewinnen, aber Elena bringt sich mit einer solchen Ernsthaftigkeit in eine aufrechte Sitzhaltung, dass ich sofort weiß: Hier wird nicht gespielt. Ich versuche es trotzdem mit einer Gegenfrage.

Nehmen wir mal an, sage ich, der ultimative Lebenszweck wäre mir bekannt. Glaubst du nicht, dass ich dann anders durch die Welt gehen würde?

Keine Antwort. Verzockt, silly me. Elena hält stoisch meinen Blick und schiebt ganz beiläufig ein Artischockenherz in ihren Mund, ruhig und ohne den Blick auch nur kurz von mir abzuwenden. Wäre es jetzt angebracht, ich würde applaudieren vor Begeisterung über diese Szene. Aber es ist ganz und gar nicht angebracht.

Ich glaube, höre ich mich plötzlich sagen, ich glaube, immer deutlicher erkennen zu können, was mir wichtig ist in meinem Leben.

Ich sage es ruhig und ich merke, während ich die Worte formuliere, dass ich das, was ich da sage, tatsächlich glaube. Dass ich antworte, weil ich Elena meine Gedanken mitteilen will. Und nicht, um die Stille nicht ertragen zu müssen.

Aber mit einem Zweck im engeren Sinne habe das ja nicht zu tun, sage ich.

Sie legt die Gabel geräuschlos neben den Teller und ihren Kopf etwas schräg.

Was mir denn wichtig sei, fragt sie.

Ihre Augen ruhen in meinen, ich rede.

Selbstbestimmt zu sein. Nicht auf andere angewiesen.

Elena versteht.

Keinen vorgegebenen Weg zu gehen, möglichst selbst steuern zu können, wo es hingehen soll. Sich einzulassen, auf neue Dinge, auf andere Menschen. Sich nicht von den eigenen Ängsten zurückhalten zu lassen. Ja, diesen Ängsten, die einen am Vorwärtskommen hindern, zu trotzen. Zu trotzen versuchen natürlich. Sich ihrer überhaupt erst bewusst zu werden.

Die Pausen zwischen meinen Sätzen werden länger. Ich werde ruhiger, ertrage jetzt auch die Stille zwischen den ausgesprochenen Gedanken. Weil ich wirklich nachdenken muss, auf keine vorgefertigten Formulierungen zurückgreifen kann. Oder will. Es amüsiert mich ein wenig, dass ich, Freund von Struktur und Gralshüter des logischen Aufbaus, tatsächlich fähig bin, einen konzeptlosen gänzlich unvorbereiteten Redeschwall voller Gedankensprünge von mir zu geben. Und dass ich den dann auch noch so stehen lassen kann.

Ja, was ist mir eigentlich wirklich wichtig?
Ich genieße es fast ein wenig, mir selber zuzuhören, und das ist neu. Weil mich wirklich interessiert, was ich da sage. Weil ich das alles noch gar nie ausformuliert habe.

Die Liebe, vielleicht, sage ich, obwohl ich den Begriff an sich ja verabscheue, diese Worthülse, missbraucht von all den Leuten, die ihre fixen, beschränkten und maßlos verklärten Ansichten darin verpacken. Und den Schriftzug dann als zu Tode getrampeltes Emblem des hirnlosen Massenkonsums auf ihren Kleidungsstücken spazieren tragen. Liebe, ja, haha, die gute alte Liebe. Vielleicht aber auch nicht, nicht die Liebe, oder die andere Liebe, vielleicht doch eher Sex. Hm. Ja, der Sex. Die Sexualität im großen, übergeordneten Sinne. Ja. Wenn ich ehrlich bin, die ist mir wichtig. Grundlegend wichtig. Ich rede nicht vom sexuellen Akt an sich, dem körperlichen Aspekt. Der wird überbewertet. Der ist so derart aufgeladen, nein, überladen mit all der Bedeutung, die wir in diese, zugegebenermaßen grandiose, aber schlussendlich doch einfach biologisch-mechanische Tätigkeit hineinprojizieren, dass er eine Wichtigkeit erhalten hat, die er weder braucht noch verdient hat. Nein, ich rede vom Sex im Kopf. Völlig losgelöst vom Geschlechtsakt. Ich rede von dem, was viele wahrscheinlich Liebe nennen würden, was aber nicht Liebe ist, sondern Sex, Sex in seiner reinsten Form. Das, was in unserem Hirn geschieht, plötzlich und unerwartet, mitten in einem Gespräch, ausgelöst durch einen überraschenden Blick, eine Betonung oder die absolute Ehrlichkeit einer Bewegung. Sex ist, wenn eine Interaktion für einen Moment zum Allereinzigen von Bedeutung wird.

Wenn alles andere schlagartig unwichtig erscheint. Sex spielt mit der Ungewissheit, der Unsicherheit, dem Reiz des Neuen. Ja, Sex ist Spannung, diese unfassbar starke Spannung, die sich derart steigern kann, dass sie sich unaushaltbar anfühlt und es wohl auch ist. Diese Spannung, die mit dem Körper Dinge anstellt, welche wir so nicht für möglich gehalten hätten. Die uns die höchsten Gefühle oder den totalen Zusammenbruch bringt und nicht selten beides vermengt. Und nein, ich rede nicht von der großen Liebe, jedenfalls nicht von der, wie sie gemeinhin verstanden wird. Ich rede von der kleinen Liebe vielleicht, dieser wahnwitzigen Anziehungskraft einer Geste, einer Aussage, einer Lichtstimmung, eines Seufzers, eines Moments. Vielleicht ist es die Liebe zu einem Moment; nennen wir es doch den Sex des Augenblicks. Ein zutiefst körperlicher Vorgang. Eine sich in Millisekunden aufbauende und alles andere verdrängende Unruhe, die uns antreibt, uns in die Welt rausjagt, uns zu Getriebenen macht, uns jeglicher Zurechnungsfähigkeit beraubt, uns an eine Mission glauben lässt. Die uns zu Gläubigen macht und uns überzeugen kann, dass es jetzt gerade und vermutlich nie mehr etwas anderes geben wird, als dieses eine Gefühl für diesen Menschen, diesen Gedanken, diese Idee. Wenn sich alle Bedenken und Ängste, die uns sonst immer zurückhalten und lähmen, augenblicklich in nichts auflösen. Weil selbst unsere Angst, das potenteste aller Gefühle, gänzlich irrelevant wird. Ausgelöst durch eine absolute Kleinigkeit. Das unerwartete Lächeln eines Menschen, den man eine Stunde zuvor in einem anderen Setting vielleicht nicht mal beachtet hätte. Die Auflösung eines Akkordes in einem Song, der dein Innerstes zu öffnen vermag wie noch nie etwas zuvor. Ein Gespräch mit dem Sitznachbarn in der U-Bahn, das jeden bisher erlebten körperlichen Höhepunkt übertrifft. Eine Schattierung in einem Ölgemälde, die dich von einem Moment auf den anderen in Tränen ausbrechen lässt. Eine Szene in einem Film, die dich so traurig macht, dass du es als unglaubliches Glück empfindest, diesen Moment überhaupt erlebt haben zu dürfen. Ja, allgemein eigentlich, ein Kunstwerk, das bewegt. Ein Kunstwerk, das mich bewegt. Ja. Ein Kunstwerk, ja. Kunst. Kunst. Kunst, die berührt. Kunst im weit gefassten Sinne, eine Idee, ein vermitteltes Gefühl, eine erzeugte Stimmung. Etwas vom Menschen Geschaffenes, von dem ich mir nicht vorstellen kann, dass ein Mensch es erschaffen haben kann. Wenn ein Konzert, eine Begegnung, ein Gespräch, ein Video, ein Bild zu einem religiösen Erlebnis wird. Und ich meine das nicht im herkömmlich religiösen Sinne, denn dieses Gefühl hat nichts mit den von unseren Weltreligionen propagierten Ideologien zu tun, nichts mit diesen von uns Menschen für uns Menschen ausgedachten Konstrukten, die der menschlichen Existenz einen übergeordneten Sinn verleihen sollen, weil es sich mit dem so viel einfacher Leben lässt als mit der Gewissheit der eigenen Irrelevanz. Nein, es hat generell nichts zu tun mit Religion, diesem Konzept, das uns durchaus dabei geholfen hat und mancherorts auch immer noch hilft, Regeln, Strukturen und Gesetze in der Gesellschaft zu etablieren, die uns Menschen letztendlich vor der Selbstauslöschung schützen sollen, diese Grundwerte, auf die wir uns ohne Religionen vielleicht gar nie hätten einigen können. Nein, das alles hat überhaupt rein gar nichts mit

Religion zu tun. Ich rede vom religiösen Erlebnis im Kopf einer und eines jeden Einzelnen, von diesem reinen religiösen Erlebnis in meinem Kopf. Von dem Etwas, das mich nicht retten kann und mir nichts verspricht. Von dem Etwas, das dafür aus dem Nichts entsteht und dann besser ist als alles, was vorher war. Sex im Kopf. Die Erfüllung eines Moments. Die flüchtige Sicherheit, dass es das jetzt ist. *Der* Sex ist mir wichtig. Das Wichtigste überhaupt, vielleicht. Sex im Kopf. Den zu erleben. Den erschaffen zu können. Ja, eigentlich etwas erschaffen zu können, was dieses Glücksgefühl hervorruft. Etwas derart Wahres zu erschaffen, dass es Sex auslöst. Die absolute Erfüllung eines Moments, erschaffen durch Kunst. Die Erfüllung. Die ultimative Kunst. Kunst.

Es ist die Kunst.

Verdammt. Es ist die Kunst.

ELENA

Sie trocknete seine Tränen nicht. Sie trocknete ihre Tränen nicht. Elena war glücklich auf eine Art, wie sie es sich nicht reiner und wahrhaftiger hätte vorstellen können. Das hier waren keine Gefühle, die ihr Verhältnis zueinander betrafen. Diese Empfindungen standen weit über der Beziehungsebene. Und Elena wusste nur zu genau, dass auch er das spürte. Es ging jetzt um eine höhere Sache. Sie hatten das Level ihrer Beziehung endgültig überwunden.

Er war bereit für das, was nun kommen würde.

ER

Elena spricht. Und der Tisch ist weg und das Essen ist weg und der Raum ist weg und ein anderer Raum ist dafür da und ich habe keine Ahnung, ob wir zu Ende gegessen, ob wir uns berührt, ob wir uns geliebt haben. Ich weiß es nicht und ich versuche es auch nicht herauszufinden. Was ich weiß, ist: Elena spricht. Und sie spricht von einer Suche. Von der Suche nach Erfüllung eines Verlangens, das so groß ist, dass es zum zentralen, einzig wichtigen Lebensinhalt geworden ist. Elena spricht von sich. Von der Sehnsucht nach dem ultimativen Projekt. Ihrem persönlichen Meisterwerk. Von einem Werk, das niemanden überzeugen, niemanden ansprechen, niemanden einschüchtern, niemandem irritieren und niemandem gefallen soll. Von dem sogar gar nie jemand erfahren wird. Einem Werk, das einzig und allein ihr selbst dienen soll. Und ihre unbändige Sehnsucht für immer befriedigen wird.

Es sei das Werk, sagt Elena, in dem sie ultimativ aufgehen werde.

Der Wind schlägt das Schlafzimmerfenster immer wieder gegen die Wand. Der Rhythmus ist keiner, jedenfalls kann ich keinen erkennen. Ich versuche, mir dennoch das Gegenteil zu beweisen, und denke mir mögliche Melodien dazu aus, sie passen alle nicht. Elena sitzt aufrecht im Bett, sie ist nackt, das bin ich auch, aber ich liege. Die vom Licht der Straßenbeleuchtung dunkelgelb eingefärbte Bettwäsche zusammen mit der von einer Baumkrone unregelmäßig beschatteten Wand erinnert mich irgendwie an einen Film von David Lynch, aber ich weiß nicht, an welchen, und überhaupt kann ich mich im Moment gerade an keinen einzigen Film von ihm erinnern. Ich beobachte die Szenerie derart abwesend, als würde sich das alles gerade in einem anderen Gebäude abspielen und mich nichts angehen.

Elena erzählt jetzt vom Finden. Davon, dass sie gefunden habe. Dass ihre Aktion kurz vor dem Abschluss stünde. Und davon, dass ich die Vollendung davon sei.

ELENA

Er verstand. Sie sah es. Nicht, dass er etwas gesagt hätte. Da war auch kein Nicken, es gab, rein nüchtern betrachtet, keinen einzigen sichtbaren Hinweis, der ihre Beobachtung gestützt hätte. Dennoch hatte sie es klar gesehen. Es war die Art, wie er ihr zugehört hatte.

Kein Zweifel. Er verstand.

Ich verstehe nicht, sagte er.

Elenas Lächeln wurde breiter.

Du verstehst, sagte sie.

Du suchst nur gerade deine Rolle im Ganzen, dachte sie.

Er hatte angebissen, sie wusste, dass sie ihn gewonnen hatte. Er würde ihr Projekt vollenden.

Elena liebte diesen Moment der Gewissheit und genoss die Tatsache, dass sie ihn nun für immer in sich tragen würde. Diesen Moment puren Glücksempfindens. Das reinste Gefühl, das existiert. Reiner als Liebe, bei der auch in den allerbesten Momenten noch Untertöne von Verlustangst und Zweifel mitschwingen. Diese Liebe, deren Stellenwert Elena keineswegs unterschätzen wollte, die schließlich aber auch nur wieder aus diversen Glücksmomenten, etwas Vertrautheit, viel Leidenschaft und einem gehörigen Schuss Melancholie zusammengegossen war. Zu einer Legierung sozusagen, einer unglaublich cleveren Kombination, aber eben nichts Reinem. Liebe ist viel mehr, dachte Elena, ein wunderbar gemischter Farbton, ein großartig abgeschmecktes Gericht, ein imposant inszeniertes Gesamtkunstwerk. Aber eben kein Edelmetall, keine Primärfarbe, kein Elementarteilchen, nicht das Elementarteilchen schlechthin, wie es das Glück ist. Oder genauer, wie der reine Glücksmoment es ist. Denn, und in dem war sich Elena absolut sicher, Glück ist kein Zustand. Es ist im Idealfall eine Aneinanderreihung von einzelnen Glücksmomenten oder in gewissen Fällen auch nur ein einzelner davon. Einer, der so stark strahlt, dass er für den Rest eines Lebens alles andere überstrahlen kann.

Vielleicht war er das jetzt gerade, ihr reinster Glücksmoment.
Falls dem so war, dachte sie, war sie absolut zufrieden damit.

ER

Das Schild, sagt Elena. Das Schild am Haus nebenan, das auf die Zahnarztpraxis im dritten Obergeschoss hinweist. Das mit den Sprechstunden drauf. Das ist nicht das Schild, das der Zahnarzt dort hat anbringen lassen.

Ich drehe mich umständlicher als nötig zur Seite und betrachte jetzt Elena. Wie sie dasitzt, kniend und dabei auf den Fersen sitzend. Ich sehe ihr Gesicht. Ihren Körper. Ihre Beine. Ihren Bauch, wie er sich hebt und senkt und hebt. Ihre Brüste, diese wunderbaren Brüste, allgemein diese weiche, matte Haut. Diese empfindsame Haut.

Es ist ein Replikat, sagt Elena. Eine exakte Kopie.

Sie lächelt, während sie redet.

Aha.

Es ist kein Original mehr, sagt Elena. Ich habe es ersetzt.

Ähm. Du hast das Schild nachmachen lassen?

Sie hüpft fast ein wenig, während sie nickt.

Weiß der Zahnarzt davon?

Sie hüpft auch, wenn sie den Kopf schüttelt.

Aber das ist nicht der Punkt, sagt Elena. Denn ob er es weiß, tut nichts zur Sache. Das Nichtwissen der Mitmenschen ist für das Werk an sich nicht von Belang, macht die Durchführung der ganzen Aktion aber erst möglich. Weil ich ohne Mitwisser*innen keine Einwilligungen brauche, keine Zustimmung, keinen Consent. Das heißt: Dieses Vorgehen setzt kein Verständnis für Kunst bei anderen Leuten voraus. Und das, machen wir uns nichts vor, fehlt einem Großteil der Menschheit.

Ich wage nicht, meine Liegeposition zu ändern, weil ich Elenas Redefluss auf keinen Fall unterbrechen will. Dummerweise ist mein linker Arm, auf den ich mich stütze, mittlerweile eingeschlafen und kündigt mit rapide zunehmender Taubheit an, dass seine Muskeln demnächst nachzugeben gedenken.

Während ich gleichzeitig versuche, über Elenas Sätze nachzudenken und meinen Arm zu verfluchen, sehe ich langsam ein, dass das Problem ohne eine Positionsänderung nicht zu beheben ist. Ich beschließe, mich als Reaktion auf Elenas letzten Satz in gespielter Dramatik auf den Rücken fallen zu lassen. Was natürlich eine absolut bescheuerte Idee ist, denn erstens ist seit ihrer letzten Aussage zu viel Zeit vergangen, um mein Hinwerfen noch damit in Verbindung bringen zu können, zweitens verlangt der Satz gar keine dramatische Reaktion und drittens ist die Distanz von meinem Ellenbogen zum Rücken viel zu kurz, um die Bewegung vollständig durchführen zu können. Also sacke ich einfach ein.

Elena beobachtet meine kümmerliche Aktion ruhig, scheint sie aber gar nicht wirklich wahrzunehmen. Also frage ich, während das Bett unter uns nachwippt.

Und was *ist* der Punkt?

Die Austauschbarkeit, sagt Elena. Die totale Irrelevanz. Von allem.

Ich rücke dicht an sie heran, lege meinen Kopf auf ihren Oberschenkel und umarme gleichzeitig ihren Bauch. Meine Nase zeigt jetzt auf ihren Bauchnabel.

Ob sie die Austauschbarkeit der Dinge meine, frage ich.

Meint sie nicht.

Die Austauschbarkeit von allem. Meint sie.

ELENA

Er legte sein rechtes Ohr an ihren Bauch, ganz einfach, indem er die Umarmung ihrer Körpermitte noch etwas enger machte. Elena streichelte weiter mit ihrer rechten Hand über sein Haar, langsam, regelmäßig. In endlosen Wiederholungen. Mit dem Zeigefinger ihrer linken Hand zeichnete sie gleichzeitig liegende Achten in sein kurz gestutztes Nackenhaar. Sie schwieg und ließ ihn denken.

ER

Ich liege da und frage mich, wie spät oder früh es wohl gerade ist. Ich trage keine Uhr, ich trage nicht mal Kleider, aber Kleider trage ich sonst üblicherweise wenigstens. Elena trägt auch weder das eine noch das andere und ich vermute, dass sie auch keine Uhr besitzt. Wie ich auf diese Vermutung komme, ist mir jetzt auch nicht ganz klar, vielleicht weil ich glaube, dass sie eine ganz andere Vorstellung von Zeit hat als die von Uhren gemessene. Ich könnte sie fragen, ob sie wirklich keine Uhr besitzt, denn Elena liegt ja neben mir und schaut direkt in mein Gesicht. Nur wäre das dann die erste Frage heute Nacht, die absolut oberflächlich und lapidar wäre und zudem auch noch den Eindruck erwecken könnte, dass ich sehr viel mehr über Elena und ihr Leben erfahren möchte. Und das möchte ich natürlich unbedingt, aber eben nicht gerade jetzt. Jetzt will ich nur, dass sie weiß, dass ich sie verstehe. Dass ich sie fühle. Auch ohne mehr über sie selbst zu wissen. Denn hier geht es gerade um etwas Größeres.

Sie ersetzt also. Und das im großen Stil. Man könnte sogar sagen: alles. Originale durch Kopien. In einem geografisch beschränkten Rahmen natürlich. Oder wie Elena es formuliert: in ihrem Lebensraum. Der aber, wenn ich das richtig verstanden habe, ein künstlich abgestecktes Gebiet umfasst. Ein kleines Stück Stadt, das sie seit Beginn ihrer Aktion nicht mehr verlassen hat und auch nie mehr verlassen will. Ein Territorium, das sie zu ihrer Welt gemacht hat. Die Scholle, auf der sie lebt, als gäbe es kein Außerhalb.

Diese, ihre Welt gestaltet sie also um. So, dass niemand etwas davon bemerkt. Für sich. Für die Kunst.

ER

Sicher sei das auch ein Ansatz, sagt die Wacker. Die Schaffung eines ultimativen Kunstwerks als Lebenszweck. Ein etwas ungewöhnlicher Ansatz vielleicht, und das meine sie jetzt gar nicht wertend. Nur so als Feststellung.

Aha.

Allerdings stellten sich für sie in einem solchen Fall dann doch ein paar inhaltliche Fragen.

Ah, denke ich. Fragen. Das bedeutet dann jeweils auch, dass sie Antworten von mir erwartet. Aber hey, immerhin formuliert sie schon mal die Fragen. Und behält sie nicht einfach wie sonst in ihrem Kopf, damit ich dann selbstständig auf sie kommen muss. Sie will sie also sogar aussprechen, die Fragen. Was für eine verwegene Vorgehensweise. Revolutionär geradezu. Fragen stellen und dann auch noch nicht irgendwelche, sondern *inhaltliche*, ja hoppla, und diese dann auch noch laut aussprechen, damit ich sie richtig hören kann. Wow. Wobei, nicht zu früh freuen, vielleicht fragt sie mich ja auch mit ihrem «Bauch», weiß man ja nie. Gut, fragen könnte so ein Bauch eigentlich noch eher als denken. Denke ich. Mein Bauch fragt mich ja auch des Öfteren irgendwas. Etwa ob er nicht noch mehr zu Essen kriegen könnte. Und das meint er dann, weil er sich ja mehr Inhalt für den Magen wünscht, vermutlich auch total inhaltlich.

Und nun merke ich erst, dass die Wacker längst nicht mehr spricht. Dafür beobachtet sie mich mit einer Mischung aus Interesse und Mitleid. Also so wie immer.

Ob es mir gut gehe, will sie wissen.

Ich fühle meinen Puls rasen und frage mich, ob es eventuell sein könnte, dass ich außerhalb dieses Raumes gar nicht bescheuert bin, sondern es jeweils erst werde, wenn ich der Wacker gegenüber Platz nehme. Dann fallen mir aber sofort ziemlich viele unschöne Situationen ein, an denen sie definitiv nicht beteiligt war.

Ich hätte jetzt gerne einen Schluck Wasser. Das sage ich ausnahmsweise sogar.

Die Wacker holt ein Glas und stellt es mir hin. Dann setzt sie sich wieder und fragt, was da gerade eben passiert sei. In meinem Kopf.

FÜNF

ELENA

Hermann Ineichen stand während des ganzen Umbaus hinter seiner Theke, mit dem Rücken ans Zigarettenregal gelehnt, die Arme verschränkt. Er sagte nichts und das sagte auch etwas. Manchmal veränderte er seine Position ein ganz klein wenig, verschob sich etwas nach links oder rechts, wechselte das Standbein, immer begleitet von einem klar hörbaren Seufzer. Davon abgesehen, blieb er stumm. Hätte sie es nicht besser gewusst, wäre Elena davon ausgegangen, dass er sich möglichst unauffällig verhalten und als Teil des Mobiliars wahrgenommen werden wollte. Aber so war er nicht, der Hermann Ineichen, das wusste Elena, denn sie kaufte hier seit Jahren ein. Nicht dass sie ihn wirklich gekannt hätte. Die Gespräche zwischen ihnen hatten die Ebene des freundlichen Smalltalks nie verlassen, was beiden recht war, zu verschieden waren ihre Welten. Nur heute, ja heute, da prallten diese zwei Welten aufeinander. Oder nein, eigentlich hielt Elena mit ihrer Welt Einzug in Ineichens Minimarkt. Sie annektierte sozusagen ein Stück Territorium seiner Welt. Es war eine feindliche Übernahme, nur dass er sie nicht als solche wahrnehmen konnte.

Elena beobachtete Ineichen, wie er die Arbeiter beobachtete. Diese drei Männer, die gerade die Regale seines Ladens ausräumten, gekleidet in die dunkelblauen Overalls eines mittelständischen Logistikunternehmens, dessen Chef, so vermutete Elena aufgrund der aufgenähten Logos, sich kürzlich von einem lokalen Kreativbüro ein neues Erscheinungsbild hat aufschwatzen lassen und zwar eines, das weder zu einem Logistikunternehmen noch zu dunkelblauen Overalls passte.

Der Mann, der gerade Hygieneartikel in eine Kiste packte, war massig und klein, mit einem zu roten Gesicht und zu hohem Blutdruck. Der Arbeiter am Müsliregal war groß und kräftig, ein regelrechter Turm mit erstaunlich kindlichen Gesichtszügen. Ein Riese, dem man zutraut, dass er in seiner Freizeit Eisenträger verbiegt und mit Pferden jongliert. Der Dritte der Gruppe beschäftigte sich gerade mit den Konservendosen und war ein derart durchschnittlicher Typ, dass seine Durchschnittlichkeit bereits wieder eine Faszination ausstrahlte. Nicht groß, nicht klein, nicht dick, nicht dünn. Brille randlos, auf einem Gesicht, das man nach fünf Minuten wieder vergessen hat. Man hätte diesen Mann hier und jetzt durch einen anderen seines Typs austauschen können und niemand hätte es bemerkt. Wahrscheinlich nicht mal er selbst. Elena war fasziniert von ihm. Und auch Ineichens Blick schien förmlich an dem Durchschnittsmenschen zu haften. Mit seiner Unauffälligkeit war er klar der Auffälligste im Raum. Was eine ziemliche Leistung war, wenn man neben einer schwitzenden Kugel und im Schatten eines Riesenkindes arbeitet.

Ineichen griff sich ein Feuerzeug aus der Auslage, schüttelte dabei einmal mehr seinen Kopf und schritt dann an Elena vorbei in Richtung Eingangsbereich. Tür auf, Ladenklingel, Tür zu, nochmals Klingel. Dann lehnte er sich von außen mit dem

Rücken gegen das Türglas, den Kopf nach unten geneigt. Kurzes Aufflackern von Feuerschein, kurzes Verharren, dann Rauch, der aufsteigt. Die Falten, die sein Hemdrücken ans Glas der Ladentür presste, wirkten wie ein gewolltes Muster. Kurz spielte Elena mit dem Gedanken, mit ihren Fingern den Faltlinien auf der Innenseite der Scheibe nachzufahren, entschied sich dann aber dagegen.

Nichts tun, was die Aktion gefährden könnte.

Elena setzte sich auf die Theke und ließ die Beine baumeln. Dann wanderte ihr Blick wieder wie von selbst zurück zum hellsten Punkt. Der Rauch, der vor Ineichen aufstieg, glich einer verirrten Wolke, die von ihrer Herde getrennt worden war.

Hermann Ineichen, dachte Elena, dieser Hermann Ineichen, der den Laden vor mehr als drei Jahrzehnten von seinem Vater übernommen hatte, damals, als er selbst noch nur der Hermann war und sein Vater plötzlich tot.

ER

Ich halte mich nicht sonderlich gerne im Freien auf und darum mag ich Regen. Wenn es regnet, dann sind auch die anderen nicht gerne draußen. Heißt: Bei Regen habe ich einen gesellschaftlich akzeptierten Grund, mich in Gebäuden aufzuhalten. Am liebsten in Gebäuden mit großen Fenstern, denn ich mag das Draußen ja durchaus – einfach lieber hinter Glas. Dann bin ich drinnen und meine Gedanken können raus. Etwa hier in meiner Küche, deren großes Fenster in Wirklichkeit gar kein Fenster ist, sondern eine Doppeltür auf einen Balkon, den es da nicht mehr gibt. Vermutlich hat man den mal aus Sicherheitsbedenken entfernt, dann aber einfach vergessen, ein Geländer einzubauen, das bei offener Tür den Sturz in den Tod verhindern soll. Außer natürlich, der Balkon wurde gar nicht abgenommen, sondern ist eines schönen Tages einfach von ganz alleine runtergedonnert und zwar so, dass es niemandem aufgefallen ist. So, und wirklich nur so, wäre erklärbar, warum da noch immer ein Schlüssel im Schloss der Türe steckt.

Bei der Wohnungsübergabe jedenfalls hatte es mein Vermieter nicht für wichtig erachtet, mich darüber zu informieren, dass hinter dieser Tür der Tod wohnt. Natürlich habe ich, als ich es dann mit Schrecken selbst festgestellt habe, auch nichts gesagt – man will ja nicht unangenehm auffallen, wenn man gerade neu einzieht. In der darauffolgenden und ersten Nacht in der Wohnung jedenfalls habe ich dann, davon überzeugt, dass der erste Schlafwandelausflug meines Lebens ebendieses brutalst beenden wird, natürlich keine Minute geschlafen. Dafür hatte ich genug Zeit, mir mögliche Gründe für das seltsame Verhalten meines Vermieters zurechtzuzimmern. Vielleicht hatte er ja einfach vergessen, mich auf die Gefahr des fehlenden Balkons hinzuweisen. Oder er fand die Erwähnung dieses Fakts gegenüber eines sehenden Menschen schlicht nicht nötig. Oder aber er hatte selbst keinen Schimmer, dass es da draußen nicht mehr raus, sondern nur noch runter geht. Welche dieser Versionen wirklich zutraf, werde ich leider nie erfahren, denn eine Ausschreibung der Wohnung, in der ich hätte nachschauen können, hat es nie gegeben. Ich bin damals von einer ehemaligen Schulkollegin, deren Großmutter in der Wohnung über dieser gewohnt hatte, auf den Leerstand aufmerksam gemacht worden, worauf ich den Vermieter angerufen und schon wenig später die Zusage erhalten habe. Vermutlich, weil ich nicht nur der Erste, sondern auch der Einzige gewesen bin, der sich auf die noch nicht mal ausgeschriebene Wohnung gemeldet hatte.

Als ich mich nach meinem Einzug dann bei der Oma von oben für ihren Tipp bedanken wollte, ging die nicht an die Tür. Nur wenige Tage später habe ich im Treppenhaus erfahren, dass «die gute Frau leider sehr überraschend verstorben ist». Den Grund ihres plötzlichen Todes wusste der überaus gesprächige Nachbar allerdings nicht, was ihn offensichtlich ärgerte, so oft wie er betonen musste, dass das ja auch egal sei.

Vielleicht hat bei Oma ja auch plötzlich der Balkon gefehlt.

Jedenfalls liebe ich diese zu zwei Dritteln gläserne und von mir längst sicher abgeschlossene Doppeltür, deren Glas die Sicht auf den großen Innenhof frei gibt – und umgekehrt natürlich auch auf mich. Sodass etwa der Mann, der im Haus gegenüber gerade seinen Balkontisch näher an die Wand rückt, mich jetzt in voller Größe sehen könnte, also zumindest von den Knien aufwärts, wenn er denn zu mir hoch schauen würde. Wird er aber nicht, denn er ist nicht raus auf seinen Balkon, um die Umgebung zu begutachten, sondern um den Tisch zu verrücken. Es könnte höchstens sein, dass er nachher noch mal eine rauchen kommt und mich dann entdeckt. Was aber auch nicht passieren wird, denn er raucht nicht. Und damit wird er mich eben auch nie sehen, hier oben, denn er wird ja kaum einfach so auf seinen Balkon rausstehen und etwas rumschauen. Macht ja kein Mensch. Außer mir. Also in meinem Fall nicht *raus*stehen, weil der Balkon, genau, sondern hier ans Fenster oder sonst halt irgendwo hin, in der Stadt zum Beispiel, ohne Zigarette, ohne Telefon, ohne Grund. Um nichts anderes zu tun, als schauen und denken. Was ich nicht nur tue, sondern äußerst oft tue. So oft, dass ich mich mittlerweile frage, ob man das wohl als Hobby angeben könnte. Schauen. Kommt wahrscheinlich darauf an, wo und bei wem. Das letzte Mal bin ich beim Essen eines ehemaligen Arbeitskollegen von dessen Frau nach meiner liebsten Freizeitbeschäftigung gefragt worden. Ich habe dann erst mal lange über die Frage nachgedacht und schließlich «Denken» gesagt. Kam irgendwie mäßig an. Wahrscheinlich, weil alle an diesem Tisch gedacht haben, dass sie das ja schließlich auch täten. Was aber halt nicht stimmt, denn den Gesprächen dieses Abends nach zu urteilen, hatten mindestens sieben der acht anderen Personen keinerlei Erfahrung im Denken. Einzige mögliche Ausnahme war eine junge Frau mit abenteuerlich hochgesteckten Haaren, die als Begleitung des widerlichsten der drei anwesenden Typen erschienen war. Bei ihr konnte ich es schlicht nicht sagen, da sie sich den ganzen Abend über derart phlegmatisch verhielt, dass ich sogar kurz daran gedacht habe, sie mit meinem Buttermesser anzustupsen – nur um zu sehen, ob sie überhaupt noch lebt. Wobei mir jetzt grad auffällt, dass sie ja vielleicht auch einfach ein von diesem Rich-Guy-Vibes ausstrahlenden Idioten gebuchter Escort war, der sich den ganzen Abend still geschworen hat, in Zukunft nur noch rein sexuelle Dienstleistungen anzubieten, um nicht weitere Abende wie diesen erleben zu müssen. Ich hoffe es sehr für sie.

Mein Küchenfenster jedenfalls ist das größte Fenster in meiner Wohnung. Wahrscheinlich ist das auch der Grund, warum ich so viele Dinge in der Küche tue. Zähneputzen, zum Beispiel. Oder eben Denken. So wie jetzt.

Ich drücke meine Nase gegen die Scheibe, sie ist wie erwartet kalt. Ich verharre eine Weile so und lasse meinen Blick durch den Hof wandern. Erst als die Nase leicht zu schmerzen beginnt, löse ich mich wieder vom Glas. Zurück bleibt ein Fettabdruck, ein detaillierter Negativabzug der Poren meiner Haut.

Der Grüntee ist eigentlich noch zu heiß, aber ich mag ihn so. Er verursacht im Mund schon nicht mehr wirklich Schmerz, aber immerhin noch eine Ahnung davon. Und vielleicht ist das ja auch ganz typisch für mich. Dass mir der Gedanke an Schmerz durchaus behagt, ich ihn dann aber doch lieber nicht erleben will. Das Konzept von selbst zugefügten Verletzungen etwa kann ich durchaus verstehen, ich spüre den Reiz, ich begreife die Idee. Ich sehe auch den sexuellen Aspekt von Schmerz und habe mich nie darüber gewundert, dass man sich quälen lässt, um dadurch Lust zu empfinden. Es macht sogar irgendwie Sinn. Ich verstehe auch Menschen, die sich abends prügeln gehen, um sich dabei und vor allem danach so richtig lebendig zu fühlen. Ja, ich würde behaupten, ich verstehe das Konzept von Schmerz, die Faszination daran, finde selber dann aber doch: Nein danke, das lass mer doch lieber.

Nicht weil ich den Schmerz fürchte. Sondern die möglichen Folgen. Die Infektion danach. Die Narben davon. Das Verlangen nach mehr.

Meine größte Angst lässt sich an einem Wort festmachen: Irreversibilität. Etwas endgültig verlieren zu können, das macht mir wirklich Angst. Das gilt für körperliche Schäden genauso wie für alles andere. Etwas zu verlieren und dann den Rest meines Lebens daran erinnert zu werden, dass es mir fehlt. Einen Arm. Meine Mobilität. Meine Haare. Mein uneingeschränktes Denkvermögen. Alles halt, was definitiv und unumkehrbar ist. Altern ganz allgemein ist eine Zumutung für mich. War es schon immer. Schon als Kind verbrachte ich Nächte voller Angst davor, dass mir die Menschen, die ich liebe, wegsterben könnten.

Der Tod, der König der Irreversibilität. Ich fürchte ihn, bewundere aber auch hier das Konzept. Denn der Tod ist das Allerbeste, was die Evolution sich überhaupt hat ausdenken können. Peng. Fertig. Alles wieder auf null. Eine sehr elegante Lösung. Wenn sich etwas nicht mehr reparieren lässt, weg damit. Wenn etwas nicht mehr funktioniert, dann macht man es neu. Die Wegwerfgesellschaft haben nicht wir erfunden, sie ist eine Laune der Natur. Das wohl erfolgreichste Konzept des Planeten. Es ersetzt, was nicht funktioniert.

Elena dagegen ersetzt, was funktioniert. Ohne erkennbare Notwendigkeit. Was sie tut, widerspricht jeglicher Logik. Und vielleicht ist es ja auch das, was mich an ihr so fasziniert. Elena als Ganzes widerspricht jeglicher Logik. Und trotzdem verstehe ich sie. Ganz speziell diese Dringlichkeit in ihr. Elena tut nicht, was sie will. Elena tut, was sie muss. Und vielleicht muss ich auch. Ich bin auf jeden Fall auf dem besten Weg dahin, auch zu müssen.

Jetzt ist der Tee kalt.

ELENA

Er saß am Fenster des Cafés und schaute hinaus in die Stadt. Elena beobachtete ihn nun schon eine ganze Weile von ihrem Platz im Restaurant gegenüber aus. Sie nippte am Tee und genoss die Gewissheit, dass sie ihn durch die außen golden verspiegelte Fensterfront ihres Lokals bestens sehen konnte, er sie umgekehrt aber nicht.

Er hatte kein Telefon in der Hand, keine Zeitung vor sich, keinen Stift in der Hand, keine Kopfhörer im Ohr. Er tat nichts anderes als: von drinnen nach draußen schauen. Seit sie hier war, hatte er seine Aufmerksamkeit nicht ein Mal ins Innere des Lokals verlegt. Er war da, um zu sehen, was draußen geschah. Darum saß er auch an seinem Lieblingsplatz, ganz vorne in der Ecke. Und schaute. Durch das Glas, das mehr Schaufenster als Fenster war, bestehend aus zwei riesigen Scheiben, die die gesamte Höhe des Erdgeschosses abdeckten und sich im Neunziggradwinkel an der Ecke trafen, sodass sie dem Gebäude aus der Distanz betrachtet den Eindruck verliehen, als fehlte da unten irgendwie ein Stück, als sei da mal ein sehr großes Jenga-Klötzchen rausgezogen worden.

Die Leute im Quartier mochten dieses Café. Vermutlich auch deshalb, weil es selbst an einem so regnerischen Tag wie heute hell und freundlich wirkte. Elena mochte es auch, aber aus einem anderen Grund. Sie mochte, wie die Gäste, die sich in der Nähe der Scheiben aufhielten, wunderbar vom Tageslicht ausgeleuchtet wurden. Sodass sie im Zusammenspiel mit der dunkel gestrichenen Wand hinter ihnen von außen wie ausgestellte Exponate in einer Galerie wirkten. Als wären sie drapiert worden, inszeniert für einen Film, ein Stück, eine Performance, ja, als kämen die Menschen dort hin, um ihre Rolle zu spielen. Was sie ja auch wirklich taten, dachte Elena, nur dass sie es selbst nicht realisierten.

Heute genoss Elena diesen Anblick noch sehr viel mehr als sonst. Nicht nur weil *er* da drinnen saß, denn das tat er ja oft, sondern auch weil diese Glasfront vor ihm endlich wieder so makellos war, dass sie Elena die Menschen dahinter offenbarte. Zum ersten Mal seit drei elend langen Monaten, während derer die Scheiben, oder sagen wir, das, was damals von ihnen übrig geblieben war, eben keine wirklichen Scheiben mehr waren, sondern ein Mosaik aus Splittern und Scherben. Lediglich zusammengehalten durch eine transparente Klebefolie, die mit ihren unregelmäßigen Lufteinschlüssen ebenfalls noch dazu beitrug, dass das Wort «transparent» hier eher großzügig ausgelegt werden musste. Wie Elena erfahren hatte, hatte die Reparatur so lange gedauert, weil Fensterscheiben in dieser Größe offenbar nur von einer Spezialfirma im Nachbarland auf Bestellung produziert werden konnten und danach per Spezialtransport über hunderte Kilometer hier hingebracht werden mussten. Schon verrückt, dachte Elena, dass alle Fenster mit mehr als 2,56 Metern Seitenlänge derart kompliziert beschafft werden mussten, bei all den modernen Bauten allein schon in dieser Stadt. Jeder noch so kleine Sprung in einer der Abertausenden Großscheiben hatte also eine komplexe dreimonatige Abfolge von Handlungen zur Konsequenz. Und trotzdem schien ein solch aufwendiges System für die Gebäudebesitzer*innen okay und dem Rest der Menschen hier zumindest so egal zu sein, dass Elena vor Beginn ihrer Recherche noch nie etwas davon gehört hatte. Was sie so deutete, dass wohl nur sehr wenige Menschen in dieser Stadt überhaupt wussten, was ein unglücklicher Zwischenfall in Fensternähe alles nach sich zog.

Wobei es im Falle dieses Eckcafés hier letztlich fast schon ein glücklicher Zwischenfall gewesen war. Dieser Unfall, damals in den frühen Morgenstunden, als diese «eher jüngere» Frau aus bis heute ungeklärten Gründen plötzlich die Kontrolle über ihren gerade erst angemieteten Wagen verloren und dann, Autoschnauze voran, die Fensterfront getroffen hatte. So, dass eine der beiden großen Scheiben sofort zum Scherbenvorhang wurde, während die andere an einer Ecke ebenfalls einen Sprung aufwies, nicht direkt verursacht durch das Auto zwar, aber «vermutlich durch einen zweiten, kleineren unbekannten Gegenstand», der dort gegen das Glas geflogen sein musste. *Glücklich* verlaufen war der Zwischenfall deshalb, weil keine drei Stunden vor dem Aufprall noch Dutzende Leute an der Bar hinter der Scheibe gestanden hatten und nur fünfzig Minuten später gleichenorts bereits wieder die ersten Morgenkaffees hätten ausgeschenkt werden sollen. Dieses glücklichen Timings wegen waren also schließlich nur ein Auto und zwei Scheiben, aber keinerlei Menschen zu Bruch gegangen. Denn auch die Fahrerin kam ohne Verletzungen davon, nach einem Einschlag, der laut Spurenauswertung schon fast nicht mehr als solcher bezeichnet werden konnte, weil er mit derart geringem Tempo stattgefunden haben musste. Die Frau jedenfalls war nach dem Aufprall scheinbar unbeeindruckt aus dem Auto ausgestiegen, die gut zweihundert Meter zur nächsten Polizeiwache gegangen und hat dort den Vorfall dann so unaufgeregt beschrieben, als würde sie gerade den Herstellungsprozess einer Tube Zahnpasta schildern. Ihre Aussage war derart unmissverständlich und präzise formuliert und passte zudem so perfekt auf das, was die Versicherung abzudecken versprach, dass selbst den Versicherungsjurist*innen später nichts anderes übrig blieb, als einzugestehen, dass der Schaden vollumfänglich übernommen werden müsse. Dies aber erst, nachdem auch der letzte Versuch der Versicherung, sich doch noch aus der Verantwortung rauszuwieseln, gescheitert war. Die dabei aufgebrachte Theorie eines absichtlich inszenierten Unfalls erstickte nämlich bereits im Keim, da die Verursacherin nachweislich keinen Vorteil aus dem Zwischenfall gezogen hatte. Für Versicherungsbetrug braucht es einen Grund. Und einen solchen hatte die Frau nicht.

Von all dem wusste er natürlich nur, dass das Eckcafé in seiner Straße endlich wieder neue Fenster hatte. Und so guckte er nun wieder gedankenversunken durch diese Scheiben, die für ihn einfach nur Scheiben waren, hinein in die Straßenschlucht, die sich rechts von da, wo Elena gerade das Restaurant verließ, in Richtung Innenstadt davonmachte.

Er erkannte Elena erst, als sie das Café schon fast erreicht hatte, und auf einen Schlag schoss das pralle Leben in sein Gesicht. Fünfzehn Sekunden später presste Elena ihre Lippen auf die seinen und zog seinen Körper näher an den ihren. Sie merkte sofort, wie sehr sie ihn vermisst hatte.

ER

Elena flüstert mir mitten im Café ins Ohr, was sie gerne mit mir anstellen möchte, und weil ich erst glaube, mich verhört zu haben, frage ich nochmals nach. Dann dreht sie sich um, greift den Stift aus der Gürteltasche des Kellners, der gerade anderen Gästen zugewandt und deshalb mit dem Rücken zu uns steht, und schreibt die eben noch geflüsterten Worte auf mein Tischset. Drei Zeilen, an Details kaum zu überbieten, ich habe mich nicht verhört. Die Direktheit auf meinem Tischset macht mich augenblicklich handlungsunfähig und als der Kellner sich zu uns umdreht, nimmt mich Elena bei der Hand und zieht mich in Richtung Tür. Ich schaffe es gerade noch, mit der anderen Hand das Tischset zu greifen, bevor wir auch schon auf der Straße stehen und Elena mich in Richtung ihrer Wohnung zieht. Ich weise sie darauf hin, dass wir gerade die Zeche geprellt haben, aber Elena lacht nur, man kenne sie dort, kein Drama. Und während ich überlege, was das heißen könnte, kommt ein Windstoß und ich spüre das flatternde Tischset in meiner Hand, wodurch mir die Worte da drauf wieder einfallen und sofort schießt mein Blut in den Kopf und dann auch in weitere Körperteile und weg sind alle anderen Gedanken.

Elena schiebt mich in den Flur, unsere Kleider bleiben da, wir nicht.

ELENA

Ich höre sie, dachte Elena, und alle können sie jetzt hören, die großen, zerstörerischen Höllenmaschinen auf ihren rasselnden Raupen, die schon durch ihre Bewegung alleine Verwüstung hinterließen. Die Panzer standen jetzt am Rande des Viertels und es gab keinen Zweifel, dass sie bald auch hier sein würden.

Das wird mein Ende, dachte Elena, während sie auf ihm ritt, und der Gedanke störte sie nicht. Sein Stöhnen wurde jetzt laut, ihres war es schon lange. Mit offenen Mündern schauten sie sich in die Augen und es war für Elena offensichtlich, dass das hier auch für ihn nur ein Vorspiel für einen kommenden wahrhaftigen Höhepunkt war.

Als sie kurz drauf erschöpft auf ihm lag, Wange an Wange, sie mit dem Gesicht im Kissen, er mit Blick zur Decke und beide noch immer glücklich schnaufend wie zwei Emus nach gelungener Flucht vor Wilderern, da begann für einmal tatsächlich *er* mit Reden.

Aber die Häuser, sagte er, die Häuser sind doch immer noch dieselben.

Er führte das Gespräch einfach dort weiter, wo sie das letzte Mal eingeschlafen waren. Ohne Abtasten, ohne erneuten Einstieg. Er musste sich also absolut sicher sein, dass auch sie sowieso nur an das eine dachte.

Nicht wirklich, sagte Elena tief in ihr Kissen, wobei sie bemerkte, dass sie in dieser Position erstens kaum ihren Mund bewegen konnte und zweitens, gerade während der postkoitalen Erholungsphase, deutlich zu wenig Luft bekam. Sie überlegte kurz, ob sie die nächsten Sätze der Komik zuliebe trotzdem noch so weitersprechen sollte, entschied sich dann aber, auch des bereits feuchtgespeichelten Kissens wegen, dagegen. Sie drehte ihr Gesicht zur Seite, wodurch ihr Mund jetzt direkt an seinem Ohr lag. Er schien darüber amüsiert, denn obwohl sie nicht viel von seinem Gesicht sehen konnte, verriet die Spannung seiner Wangen, dass er gerade lächeln musste.

Sie schluckte den Rest ihrer Spucke hinunter und begann, die Regeln zu erklären.

ER

Alles wird ersetzt. Sagt Elena und sie redet extra leise, so nah an meinem Ohr.

Aber dann müsstest du doch auch die Häuser abreißen und neu bauen lassen, sage ich und drehe mein Gesicht zu ihr.

Jetzt haben wir sie wieder, diese Nähe, die exakt gleiche Distanz wie damals, als wir im Bus zum ersten Mal aufeinander getroffen sind. Und genau wie damals leuchten Elenas Augen auch jetzt.

Nein, sagt sie. Denn alles, was wir nicht sehen oder ertasten können, ist nicht real.

Ich denke darüber nach. Sie redet weiter.

Unsere Logik und unsere Erfahrung sagen uns zwar, dass hinter der Farbe, dem Lack, der Folie eine Struktur sein muss, die diese Oberfläche trägt. Ein Verputz, ein Paneel, eine Wand aus Stein, Holz, Metall, irgendwas. Aber Logik allein ist noch kein Beweis für Existenz. Solange wir etwas nicht sehen oder anfassen können, bleibt es erst mal nichts anderes als eine reine Vorstellung von etwas. Ein Gedanke nur, ein theoretisches Konstrukt. Und ein Gedanke ist weder Original noch Kopie. Sondern ein Konzept und damit für meine Arbeit irrelevant. Sagt Elena. Und dann:

Es genügt somit, die sichtbare Schicht zu ersetzen.

Ich lache und sage, dass sie diese Begründung aber wunderbar konstruiert habe, um sich zusätzliche Arbeit zu ersparen.

Elena lacht nicht.

Warum denn etwas Unsichtbares von Relevanz sein soll, fragt Elena.

Warum denn eine Austauschaktion, die niemand bemerke, von Relevanz sein soll, frage ich und jetzt schwingt in meiner Stimme sogar etwas Stolz über diese Schlussfolgerung mit.

Das ist sie gar nicht, sagt Elena.

Ich schlucke und winke meinem Überlegenheitsgefühl zum Abschied hinterher.

Zumindest nicht für diejenigen, sagt Elena, die den Austausch nicht bemerken.

Ihre Kopien seien nur für sie selbst von Relevanz. Weil sie wisse, dass sie da seien.

Ich versuche, das erst mal zu verstehen, und baue mir dann einen Satz, der in meinem Kopf wieder als Schlussfolgerung durchgeht, von dem ich aber fürchte, dass er in Elenas Welt etwa dem Durchdachtheitsgrad von Orangensaft trinken nach dem Zähneputzen hat.

Das heißt also, sage ich trotzdem, das Ganze ist ein reines Ego-Projekt. Eine Form von Selbstbefriedigung. Oder anders gesagt: Dein Werk dient einzig und alleine dir.

Ich weiche leicht zurück und warte auf Elenas Gegenwehr.

Es ist Kunst, sagt Elena ganz ruhig. Kunst dient nicht.

Alles Sichtbare also. Ein komplettes Objekt oder eben nur dessen oberste Schicht – je nachdem was einfacher austauschbar ist. Briefkästen werden mit ihresgleichen ersetzt, Häuser kriegen einen neuen Anstrich. Elena lässt tatsächlich fremde Häuser neu streichen. Nein, sie lässt *alle* fremden Häuser um sie herum neu streichen. Wobei *neu* es auch nicht ganz trifft, denn entscheidend ist, wie Elena jetzt erklärt, dass sich das Duplikat optisch nicht vom Original direkt vor dem Austausch unterscheidet.

Aha, lüge ich.

Ein Beispiel, sagt Elena. Sagen wir, ein Haus hat mittlerweile ein paar dunkle Flecken an der Fassade, und sagen wir, die Farbe der Balkone ist auf der Südseite schon etwas ausgebleicht. Dann lasse ich zwar alles neu bemalen, aber nicht mit dem Originalanstrich von damals. Sondern mit speziell dafür gemischten Farben, die exakt dem Farbton entsprechen, der jetzt auf den jeweiligen Oberflächen gemessen wird. Ein dunkler Fleck bleibt also weiter ein dunkler Fleck und der Balkon bleibt einseitig von der Sonne ausgebleicht. Was er rein technisch betrachtet aber natürlich nicht mehr ist. Er imitiert das Ausgebleichtsein nur – mit einer neuen Schicht Farbe.

Die, und jetzt kann sogar ich Elenas Ausführung ergänzen, natürlich nicht *auf die*, sondern *anstelle der* alten Schicht aufgetragen wird. Weil es sonst ja eine Verdopplung des Originals und nicht dessen Ersatz wäre.

Elena strahlt und nickt. Sie ist stolz auf ihr System und ich auf meine Logik.

Jetzt erst merke ich, wie sehr ich das hier gerade genieße und wie privilegiert ich mich fühle, diesen Moment erleben zu dürfen. Und dann fällt mir auf, dass das eigentlich auf jeden Moment zutrifft, den ich mit Elena verbringe. Ich lächle innerlich und vielleicht auch nach außen und stelle Elena eine weitere Frage.

Und nach diesem neuen Anstrich dann darf sich die Fassade weiter verändern?

Ja, sagt Elena. Entscheidend ist nur, dass der Moment des Ersetzens, der Übergang vom Original zur Kopie, ohne sichtbare Veränderung geschieht. Und darin liegt natürlich auch die größte Schwierigkeit.

Elena sagt wirklich «Schwierigkeit» und das irritiert mich etwas, denn «Schwierigkeit» ist irgendwie kein Wort, das von jemandem wie Elena kommt, und darum vermute ich, dass sie es von jemand anderem übernommen haben muss. Was ein dummer Gedanke ist, denn wir schauen ja alle Wörter von jemand anderem ab, bevor wir sie zu unseren eigenen machen. Und das trifft nicht mal nur auf Worte zu, sondern auf fast alles, was wir wissen und können und sind, denn irgendwann haben wir uns das ja alles von irgendwo oder irgendwem angeeignet. Was aber halt für all die Menschen, die uns nach dieser Aneignung kennenlernen, gar keine Rolle mehr spielt. Für die gehört das alles einfach zu uns, zu dem, was uns aus- und einzigartig macht.

So wie für Elena all die Flecken und anderen Makel mit zu der Fassade gehören, die sie kopiert.

Aber ist denn, frage ich Elena – einerseits aus wirklichem Interesse, andererseits aber auch weil ich mich etwas weniger nutzlos fühle, wenn sich das Gespräch wenigstens ein bisschen wie ein Dialog anfühlt –, ist denn so viel Ersetzen technisch überhaupt machbar?

Technik ist nie das Problem, sagt Elena. Technik ist immer nur eine Frage der Mittel.

Gutes Stichwort, denke ich, denn dieses ganze Projekt muss ja ein Vermögen kosten oder sogar mehrere, und dann fällt mir auf, dass ich nicht mal weiß, ob Elena mit irgendwas Geld verdient oder einfach nur im Zweiwochentakt Banken ausraubt. Was ja streng genommen auch «mit etwas Geld verdienen» wäre. Jedenfalls weiß ich auch nicht, was für eine Ausbildung Elena hat, ob ihre Eltern noch leben, ob sie Freunde hat oder überhaupt mit anderen Menschen Kontakt. Ich weiß nicht, ob sie früher auch zur Sonntagsschule musste, ob sie schon mal jemanden erschlagen oder zumindest bestohlen hat, ob sie sich je auf einer Party hat übergeben müssen, ja, ich weiß nicht mal, ob sie überhaupt schon mal auf einer Party war. Und das alles ist eigentlich schon etwas gar wenig Wissen über einen Menschen, den andere in meiner Situation wohl als «ihre Beziehung» bezeichnen würden.

Was ich aber selbstverständlich nicht tue. Einerseits weil mir der Status, in dem wir zueinander stehen, selbst nicht so ganz klar ist. Und andererseits weil es für mich schlicht unvorstellbar ist, einen Menschen, der mir in seinem Kunst- und Lebensverständnis derart weit voraus ist wie Elena, als meine Partnerin zu bezeichnen.

Ich meine, diese Klarsicht! Dieser Drang, dieser Fokus auf die richtige Sache, diese Bereitschaft, alles für das eine große Ziel aufzugeben, diese Dringlichkeit, ja, diese absolute Dringlichkeit in ihrer reinsten Form; dieses zügellose Streben nach Wahrhaftigkeit, das jegliches Handeln zu rechtfertigen scheint, weil es sie als Getriebene von sämtlichen gesellschaftlich-moralischen Rahmenbedingungen befreit.

Das alles hat Elena.

Das alles ist Elena.

Und all das bin ich nicht.

ELENA

Sie erklärte ihm die Problematik. Dass es den herkömmlichen Handwerker*innen nicht etwa an Können oder Technik fehlte, um diese Arbeiten auszuführen. Sondern am Verständnis für einen solchen Auftrag. Was zu Beginn des Projektes oft dazu geführt hatte, dass sich die Handwerksmenschen entweder aus nachvollziehbarem Berufsstolz oder aber aus reiner Überheblichkeit schlicht geweigert hätten, die vorhandenen Unvollkommenheiten absichtlich zu reproduzieren. Die Maler*innen wollten keine Flecken malen und keinen Schmutz oder Ruß in ihre

Farben mischen. Die Gipser*innen wollten keine Unebenheiten modellieren und keine Risse provozieren. Die Fuger*innen – ein eigener Beruf, von dessen Existenz Elena überhaupt erst durch dieses Projekt erfahren hatte – wollten ihre neu gezogenen Silikonfugen nicht mit schwarzen Schimmelkulturen tätowieren. Und und und.

Also hatte Elena schnell beschlossen, zumindest für die fachlich nicht sehr anspruchsvollen Arbeiten nur noch Künstler*innen einzusetzen oder wenigstens Leute, die schon ein gewisses Kunst-Grundverständnis mitbrachten und somit die Maler-, Modellier- und kleineren Schreinereiarbeiten einfach als solche akzeptierten und als willkommene Auftragsarbeiten im Kulturbereich schätzen konnten. Über die sie zwar, unter Androhung gigantischer Bußen, für immer zu schweigen hatten, für die sie aber auch überdurchschnittlich gut bezahlt wurden. Nur bei Arbeiten, die tatsächlich Spezialist*innen benötigten, griff Elena auf Fachleute zurück. Dann aber einfach nur noch auf solche, welchen die Art ihrer Dienstleistung egal war, solange die Entschädigung stimmte. Wie etwa die Gerüstfirma, die all die zu kopierenden Häuser verhüllte, damit auch wirklich niemand mitbekam, was da hinter den Planen genau geschah. Womit Elena sich Erklärungen und Rechtfertigungen gegenüber der Öffentlichkeit ersparen und ihre Zeit und Energie in Wichtigeres investieren konnte.

Er verließ ihr Bett und ging zu dem Fenster des Schlafzimmers, das den besten Blick auf die Straße freigab. Minutenlang stand er einfach nur dort, blickte nach draußen, stumm und bewegungslos. Oder beinahe bewegungslos, denn je länger Elena ihn so beobachtete, desto deutlicher konnte sie ein minimales, ruhiges und regelmäßiges Schaukeln seines Körpers ausmachen, ein kaum sichtbares Wippen, das, so interpretierte sie jedenfalls den Rhythmus, von seinen Atembewegungen verursacht wurde. Elena ließ ihm alle Zeit, die er wollte.

Plötzlich hob er seine rechte Hand und zeigte auf irgendetwas in der Ferne, was Elena, bäuchlings im Bett auf ihre Ellenbogen gestützt, nicht sehen konnte.

Das Gerüst da, sagte er und starrte dabei unverändert in die Ferne.

Elena nickte, was er nicht sah und auch nicht sehen musste, denn er wusste die Antwort auf seine Frage bereits.

Du lässt also das Gerüst aufstellen, das Gebäude verhüllen, die Gipserin dahinter gipsen, den Maler malen, die Fugerin fugen. Und dann kommt das Gerüst wieder weg. So nach drei, vier Wochen.

Nach acht, korrigiert Elena.

Jetzt drehte er seinen Kopf in ihre Richtung, um die Bestätigung seines nächsten Gedankens nicht zu verpassen.

Und danach sieht das Haus dann genau so aus wie zuvor.

Elenas Lächeln war ihre Antwort.

Für einen Moment noch verharrten sie beide in ihren Posen. Niemand sagte etwas. Nichts veränderte sich. Dann kniff er langsam seine Augen etwas zusammen, was Elena laut auflachen ließ, weil sie diese Nachdenk-Mimik an eine schlecht gespielte

Geste eines schlechten Schauspielers in einem schlechten Film erinnerte.

Für einmal löste ihr Lachen keine Reaktion in ihm aus und Elena wusste auch sogleich wieso. Er war längst nicht mehr hier, in diesem Zimmer, in dieser Szene mit den zwei nackten Personen, dem Bett und der zerwühlten Daunendecke. Er war irgendwo da draußen.

Was ist mit all den Menschen, die in diesen Häusern wohnen, fragte er. Sind die nicht irritiert, wenn die Verhüllung fällt und alles aussieht wie zuvor?

Nein, sagte Elena. Menschen irritiert man nur, indem man ihre Erwartungen durchkreuzt.

Deshalb passe sie die Erwartungen immer schon im Vorfeld den Resultaten an.

ER
Die Leute wissen also gar nicht, dass ihre Häuser neu gestrichen werden?

Richtig, sagt Elena, tritt dabei von hinten an mich heran und umarmt mich mit Druck. Da stehen wir nun nackt und eng umschlungen am Fenster und keiner von uns hat auch nur einen einzigen Gedanken zur Verfügung, um zu überlegen, wer uns da draußen alles sehen könnte.

Die Hausbesitzer*innen denken, dass wir Statikmessungen machen, sagt Elena. Dass wir nach Mikrorissen in den Stützmauern suchen, mit hochsensiblen Ultraschallgeräten und einer neuartigen Messmethode, die nun im Rahmen einer landesweiten Studie perfektioniert werden soll. Sie glauben, dass ihr Haus von einem staatlichen Gremium für dieses Pilotprojekt ausgesucht worden ist, in Zusammenarbeit mit einer Technischen Hochschule, einer Universität und dem Verband der Gebäudeversicherer. Und dass alles von staatlichen Wissenschaftsfonds finanziert wird.

Und sowas kaufen dir die Leute ab, frage ich.

Elena lacht mir in den Hinterkopf und ich spüre, wie sie nickt. Dann redet sie weiter.

Du glaubst ja gar nicht, was die Leute alles glauben, wenn man selbstbewusst auftritt und unmissverständlich kommuniziert. Der Mensch will glauben. Glauben ist immer die einfachste Variante, um mit einer irritierenden neuen Information umzugehen. Hinterfragen erfordert Effort und Initiative. Und diese zwei Dinge bringen Menschen erfahrungsgemäß nur da auf, wo es sich für sie zu lohnen scheint.

Und noch während ich über diese Aussage nachdenke, fällt mir ein, wie mein Haus vor zwei Jahren eingerüstet worden ist. Wegen irgendwelchen Vermessungsarbeiten, wie es hieß. Und dass ich während der Arbeiten auf meine Nachfrage, von was denn bitte dieser Lösungsmittelgeruch stamme, von meiner Verwaltungsadministrativperson zu hören bekam, dass der irgendwas mit einer «bei den Messungen verwendeten Trägerflüssigkeit» zu tun habe. Wobei mir schon die Satzmelodie verriet, dass die Person selbst nicht die leiseste Ahnung hatte, von was sie da gerade redete, und die Antworten von einem Blatt ablas. Auf mein zugegebenermaßen etwas zynisches «Aha!» durfte ich mich dann immerhin noch belehren lassen, dass ich mich «wie schon im vorangegangenen eingeschriebenen Schreiben festgehalten» gefälligst an die Vorgabe halten solle, drei Tage lang auf der eingerüsteten Seite keine Fenster zu öffnen, «um die empfindlichen Messgeräte nicht zu stören». Und dass ich um Himmels Willen ja nicht meinen Balkon betreten solle. Womit immerhin klar war, dass diese Immobilienperson noch nie in meiner Wohnung gestanden hatte, geschweige denn auf meinem Balkon, weil sonst «um Himmels Willen» wortwörtlich.

Ich drehe meinen Kopf so gut es geht zu Elena, die mich immer noch von hinten umarmt, und realisiere dabei, wie nahe sie mir damals schon gewesen sein muss. Und das, ohne von mir gewusst zu haben.

Aus meinem Augenwinkel sehe ich, wie Elena den Kopf schräg legt – so als würde sie meinen letzten Gedanken irgendwie kommentieren wollen. Und weil mich mittlerweile gar nichts mehr überraschen kann, nehme ich auch das als Möglichkeit hin.

Wie alle anderen Bewohner*innen meines Hauses habe damals auch ich eine Entschädigung erhalten, als «Abgeltung für die Unannehmlichkeiten ausgelöst durch die Messarbeiten». Eine nette kleine Summe, mit der ich mir als erstes zwei neue Stühle gekauft habe. Von denen einer jetzt hier steht. In Elenas Wohnzimmer.

Elena fragt nicht, warum ich lache, und ich bin froh, dass auch sie nicht immer alles weiß. Ich spüre ihren Atem warm und feucht in meinem Haar. Ihre linke Hand liegt auf meinem Bauch und sorgt mit sanftem Druck dafür, dass unsere Körper eine perfekte Einheit bilden. Sodass ich gar nicht mehr fühle, wo mein Rücken aufhört und wo Elena beginnt. Dann kommt ihre rechte Hand dazu und wandert sachte an meinem Körper nach oben, bis die Finger schließlich meine rechte Brustwarze erreichen. Dort beginnt Elena, mit den Haaren zu spielen, die da etwas unmotiviert in der Gegend rumstehen. Ich hatte schon oft mit dem Gedanken gespielt, diese Haare zu rasieren, bin dann aber zum Schluss gekommen, dass Stoppeln an dieser Stelle noch seltsamer wären als diese Ansammlung einzelner langer Fäden. Dazu kam auch noch meine Angst vor einem Malheur mit der Klinge, einem potenziellen Schnitt im Warzenbereich, der mir auch jetzt wieder, wenn ich nur schon über diese Möglichkeit nachdenke, das Blut aus dem Kopf zu ziehen beginnt und den Magen flau werden lässt, uff, nicht daran denken, einatmen, ausatmen, okay, das ist jetzt wirklich bescheuert, ich muss dringend mal die Wacker fragen, wie man so was loswerden kann, ein, aus, langsamer, neinneinnein, jetzt nur nicht reinsteigern, ein, aus, nein, nein, mir wird *nicht* schwarz, das wäre jetzt echt saupeinlich hier, nackt umschlungen von Elena, tief durchatmen und nicht an einen blutenden Schnitt in der Brustwarze denken, einatmen, ausatmen, bittebitte geh zurück in den Kopf, du liebes Blut, und dann löst sich Elena von mir und mein Bewusstsein droht, es ihr gleich zu tun. Ich höre gerade noch Elenas Stimme, die mich von weit weg fragt, ob alles okay sei, und ich sage jaja, muss mich nur kurz hinlegen, Blutdruck etwas tief und zu wenig gegessen, und jetzt sagt Elena wieder etwas und ich verstehe sie nicht mehr, weil jetzt große Wattebäusche meine Ohren verstopfen, neinneinnein, nicht schwarz jetzt, bitte nicht schwarz, bitte nicht, ich kann das, atmen, ich habs im Griff, ein, aus, ein, aus, ein, schwarz.

ER
Du hast aufgehört zu existieren. Sagt Elena. Und da mein Sichtfeld langsam wieder zurückkehrt, sehe ich auch ihr Gesicht, während sie das sagt. Es wirkt glücklich und entspannt. Nicht erleichtert glücklich, sondern entspannt glücklich. So als habe nie Aufregung bestanden, Angst um mich schon gar nicht. Und das finde ich wunderbar, denn es zeigt, dass Elena mein Wegtreten einschätzen kann, ich mich nicht erklären muss. Nicht beruhigen, nicht relativieren, nicht darauf hinweisen, dass mir das öfter passiert.

Ich liege in ihrem Bett und sie sitzt neben mir auf ihren eigenen Füßen. Falls Elenas Gesicht irgendetwas sagen will, dann sagt es: Alles ist gut, so wie es ist.

Wie meinst du das? Frage ich und beziehe mich auf ihre Bemerkung mit dem Existieren, die nun allerdings schon so lange her ist, dass ich nicht sicher bin, ob Elena versteht, was ich meine. Elena versteht es.

Du warst bewusstlos, sagt sie ruhig. Und dein Körper ist übrigens schwer, wenn du bewusstlos bist.

Wir grinsen beide. Dann rede wieder ich.

Hey, ich war immerhin nicht tot.

Um meine Entspanntheit mit dieser Aussage zu unterstreichen, würde ich gerne mit den Schultern zucken, aber da ich immer noch liege und die Schultern nach dem Raufziehen gar nicht in ihre Ursprungsposition zurückfallen würden, macht das irgendwie keinen Sinn.

Nein, tot warst du nicht, sagt Elena. Aber deine Existenz war weg.

Ich kratze mich am Kopf, sie versteht es zurecht als Frage.

Das Erleben eines Bewusstseins ist, was dich ausmacht, sagt Elena. Dein Bewusstsein ist das, was für dich «ist».

Ohne mein Bewusstsein existiert also nichts mehr für mich?

Elena antwortet ganz entspannt.

Nicht mal du selbst.

Ich denke darüber nach. Erst still, dann laut.

Das heißt, ich war so zehn Sekunden lang eher so ein ... Objekt?

Vier Minuten.

Was?

Du warst über vier Minuten weg.

Oh.

Du hattest keine Möglichkeit, die Dauer wahrzunehmen. Dein Hirn hat sie im Nachhinein geraten.

Ja danke Hirn. Hast du ja prima hingekriegt.

Wir lachen beide und ich spüre keinerlei Scham für meine Ohnmacht, zum allerersten Mal vermutlich. Sie fühlt sich sogar irgendwie richtig an. Ich bin ruhig, alles ist einfach so, wie es ist. Und Elena ist wunderbar.

Das klingt, sage ich, als hättest du dich schon mal mit diesem Thema beschäftigt.

Ja, sagt Elena, das gehört dazu.

Zu was?

Zu mir.

Zu deinem Projekt?

Eben.

Ich schaue Elena an und denke darüber nach, wie sehr ich es liebe, wenn sie redet. Und da sie irgendwie immer genau zu wissen scheint, was ich gerade denke, redet Elena weiter.

Was wir um uns herum sehen, ist eine Welt voller Objekte. Tische, Stühle, Zettel, Häuser, Fassaden. Materielle Dinge. Selbst unsere Körper sind von außen betrachtet nichts anderes.

Ich richte mich auf, um wenigstens physisch auf Augenhöhe mit Elena zu sein.

Descartes nennt das alles *res extensa*, die körperliche Welt. Also die Welt, die wir aktiv wahrnehmen können. Diese Wahrnehmung entsteht in unserem Hirn, einer biologischen Maschine, die selbst nichts sieht, nichts riecht, nichts fühlt.

Elena tippt lächelnd auf meine Stirn.

Da, von einem Knochen eingeschlossen und in absoluter Dunkelheit bastelt es deine Wahrnehmung. Indem es die sensorischen Daten, also die elektrischen Impulse, die es von Sensoren in Augen, Nase, Haut und wo auch immer kriegt, mit Erwartungen kombiniert.

Was, äh, mit *meinen* Erwartungen?

Ja. Den Erwartungen, die sich dein Hirn aufgrund seiner bisherigen Erfahrung so zurechtgelegt hat.

Ich kratze mich wieder am Kopf und spüre das auch ... weil zusammengebastelt halt irgendwie.

Und dein Hirn hat also andere? Erfahrungen? Sich zurechtgelegt?

Elena scheint egal zu sein, dass sich meine Verwirrung in meiner Grammatik niederschlägt.

Bei gewissen Dingen sind unsere Erfahrungen deckungsgleich, sagt sie. Sonnenlicht kommt immer von oben. Wasser fließt immer an den tiefsten Punkt. Flammen sind immer heiß. In vielen anderen Bereichen variieren unsere Erfahrungen aber.

Und darum nehmen wir Dinge auch verschieden wahr. Sage ich oder denke ich, weil irgendwie kann ich das nicht mehr mit Sicherheit auseinanderhalten.

Da Elena nickt, nehme ich an, dass mein Gedanke laut gewesen sein muss.

Ich denke und für einen Moment ist es einfach nur still im Raum. Dann merke ich, dass ich aus dem Fenster schaue, sprich, irgendwann meinen Kopf gedreht haben muss. Draußen regnet es leicht und jemand auf der gegenüberliegenden Straßenseite nimmt gerade ein kleines Paket aus einem Jutebeutel und legt es in einen der Briefkästen. Dann macht die Person ein paar Schritte zurück auf die Straße, dreht sich wieder zum Haus und richtet ihren Blick nach oben. Nichts bewegt sich, nirgends brennt Licht. Auch ich schaue regungslos hin, dann beginne ich wieder mit Reden.

Wenn diese Person und ich gleichzeitig dieses Hause da drüben betrachten, dann kriegen unsere Hirne also die gleichen oder sagen wir wenigstens ähnliche sensorische Daten. Die Erwartung ihres Hirns sorgt nun aber dafür, dass sie dieselbe Fassade sieht wie damals, als sie das letzte Mal hier war.

Elena nickt jetzt so fest und freudig, dass unter ihr das ganze Bett schaukelt.

Ich dagegen, sage ich, sehe jetzt eine absolut identische Kopie der Originalfassade.

Diese Liebe in Elenas Augen macht mich wahnsinnig.

Und dann redet sie auch noch.

Unsere Wahrnehmung ist schlussendlich nichts anderes als einfach die beste Vermutung unseres Hirns, was da draußen gerade passiert.

Wir sehen also nicht dasselbe, denke ich.

Für einen ganz kleinen Moment spüre ich Trauer, die aber schon bei Elenas nächstem Satz wieder verfliegt.

Wir nehmen die Welt nicht einfach passiv wahr. Wir erzeugen sie. Genau genommen halluzinieren wir die ganze Zeit. Und wenn unsere Halluzinationen übereinstimmen, dann nennen wir es Realität.

ELENA

Jetzt wussten es alle. Niemand konnte mehr den Lärm, die Erschütterung und die Gewalt der Angriffsmaschinerie ignorieren. Und mit dieser Gewissheit war auch eine neue Realität angebrochen. Niemand war jetzt mehr die Person, die sie gewesen war. All die Dinge, die jede*n Einzelne*n von ihnen bisher ausgemacht hatten, ihre Ausbildung, ihre Arbeitsstelle, ihre Beziehungen, ihre Beziehungsprobleme, ihre Wünsche, ihre Pläne, ihre Affären, ihre Pensionskassenzahlungen, ihre bereits gebuchten Urlaubsreisen, ihre Auseinandersetzung mit dem Finanzamt, ihre Mitgliedschaften im Tennisclub, ihre eigenhändig renovierten Ferienhäuschen, ihre selbst gebackenen Geburtstagskuchen, ihre Balkonbepflanzungen, ihre hart erstrittenen Waschküchentage – kurz alles, womit sich diese Menschen ihr Leben lang befasst, womit und wofür sie gekämpft hatten, alles, worüber sie sich gefreut oder geärgert, und alles, was sie herausgefordert, auf- oder angeregt hatte –, all das war jetzt auf einen Schlag irrelevant geworden. Alles, was diese Personen als diese Personen ausgemacht hatte, war ausradiert. Und einem puren Überlebenswillen gewichen.

Der Krieg kommt und drückt die Reset-Taste, dachte Elena. Und obwohl sie das akzeptierte, fragte sie sich doch, ob ihre Sehnsucht nach dem ultimativen Aufgehen in der Kunst nicht eventuell etwas vom Einzigen sein könnte, was diesen Sturm der Zerstörung überstehen würde. Dieser unfassbar starke Trieb, der in ihr einen solch übergeordneten Stellenwert erreicht hatte, dass sie ihm ihr eigenes Wohlergehen – und damit die stärkste evolutionäre Kraft, den Drang zu überleben – unterzuordnen vermochte.

Wenn Elena in Kauf nahm, ihr Leben für die Kunst zu opfern, dann musste sie auch dieser Angriff da draußen nicht ängstigen. Also beschloss Elena, einfach weiterzumachen. So als würde dieser Krieg nur in ihrem Kopf stattfinden.

ER

Wir stehen im Badezimmer und Elena putzt sich die Zähne, während ich sie von hinten umarme. Ich stehe auf meinen Zehen, damit mein Kinn auf ihre Schulter reicht. Wir schauen uns über den Spiegel an, die elektrische Zahnbürste summt und mit jeder Bewegung ändert sich ihr Ton ein wenig. Ich versuche, eine Abfolge der Töne auszumachen, was gar nicht mal so einfach ist, weil mein Schädel Elenas Kopf berührt und ich deshalb zwei Töne gleichzeitig höre, den über die Luft und den durch die Vibration auf meinem Innenohr. Ich höre die Zahnbürste also irgendwie auch durch Elenas Kopf. Ich versuche, die Summe des Summens mit eigenem Summen zu imitieren. Elena muss darüber derart lachen, dass ihr der Schaum aus dem Mund läuft. Dann putzt sie, davon völlig unbeeindruckt, tropfend weiter, meinen Kopf auf der Schulter, das Summen im Ohr, mein Lachen im Spiegel. Ich liebe alles an diesem Moment.

Irgendwann beginnen meine Füße zu krampfen, also senke ich sie langsam ab, bis ich wieder auf der flachen Sohle stehe. Mein Kinn rutscht dabei von Elenas Schulter und etwas nach unten, weshalb es meinen Mund nun von hinten an Elena drückt, so als würde ich sie lange lautlos küssen. Anstelle des Kinns liegt nun meine Nase auf ihrem Schulterblatt, während mein Blick über den Spiegel zu wandern beginnt, also nein, eigentlich durch den Raum, den der Spiegel zeigt, oder noch genauer, durch die im Spiegel abgebildete Kopie des Raumes, in dem wir stehen. Neue Sprenkel von Elenas Zahnputzfiasko ziehen meinen Fokus zurück auf die Oberfläche des Glases, dann entlang seiner

Kante, bis mein Blick an der rechten unteren Ecke des Spiegels hängen bleibt. Sie ist leicht gesplittert, nichts Schlimmes. Keine der Scherben fehlt und die Oberfläche wirkt, als könne man weiterhin mit dem Finger drüberfahren, ohne etwas vom Schaden zu bemerken. Sichtbar ist er aber natürlich trotzdem, die Reflexion ist an dieser Ecke gestört. Ein kleiner Schlag hat dafür wohl gereicht, ein Versehen, ein Anstoßen mit etwas Hartem. Und während ich mir vorzustellen versuche, was dafür wohl infrage käme, merke ich plötzlich, dass das Geräusch der Zahnbürste verstummt ist. Mein Blick springt sofort auf Elenas gespiegelte Augen, die direkt in meine schauen und das wohl schon länger, denn Elena sagt mit dem Mund voll Schaum:

Ja, ich muss auch immer da unten hinschauen.

Ein Fleck an der Fassade, sage ich.

Und eine willkommene Ablenkung, wenn ich mir nicht in die Augen schauen will, sagt sie.

Und das überrascht mich jetzt, denn warum sollte jemand mit dem Selbstverständnis von Elena sich selbst nicht in die Augen schauen wollen?

Sie bemerkt mein Erstaunen, also muss ich etwas sagen.

Kommt das oft vor?

Im Moment gerade seltener denn je, sagt Elena.

Sie neigt ihren Kopf nach vorne, spuckt die Zahnpasta aus, spült den Mund und richtet sich wieder auf. Ihr Blick trifft über den Spiegel wieder auf meinen und sie ergänzt.

Aber man weiß ja nie, wann sich das ändert.

Ob, sage ich.

Elenas fragendes Gesicht verlangt nach einem weiteren Satz.

Ob sich das ändert. Nicht *wann*.

Darauf sagt Elena nichts, was mich sofort leicht verunsichert, und da ich ja vor einem Spiegel stehe, sehe ich meine Verunsicherung auch.

Elena lacht. Natürlich hat sie es auch gesehen.

Dann bewegt sie den Kopf leicht hin und her, so als wolle sie sagen: *Wann*, nicht *ob*.

Die Liebe in ihren Augen lenkt mich von dieser Antwort ab.

SECHS

ER

Ich könnte es auch einfach googeln. Warum mich bereits der Gedanke an Blut aus den Socken haut. Tu ich aber nicht, soviel habe ich ja immerhin schon gelernt. Das letzte Mal, als ich ein Symptom gegoogelt habe, endete das nämlich nicht nur mit der Gewissheit, dass ich nächste Weihnachten nicht mehr erleben werde, sondern auch damit, dass ich erfahren habe, was in meinen Kleidern, speziell in den dunkel gefärbten, alles so an Giftstoffen steckt. Gifte, die, tadaaa, natürlich alle über die Haut aufgenommen werden können und sich dann im Körper ansammeln. Wahrscheinlich vor allem in der Leber oder den Nieren oder der Lunge, in irgendetwas halt, was man dringend braucht, um morgens wieder aufzuwachen. Was mich natürlich derart verunsichert hat, dass ich seither keine schwarzen Shirts mehr tragen kann und selbst in dunkelblauer Kleidung permanent das Gefühl habe, dass meine Haut juckt und sämtliche Organe anschwellen. Am schlimmsten war Nacht eins nach dieser Google-Erkenntnis. Da bin ich nach drei schlaflosen Stunden wieder aufgestanden, habe meine dunkelblaue Bettwäsche von Decken und Kissen gerissen und sie in einen Müllbeutel gesteckt. Im gelben Bettzeug konnte ich dann zwar auch nicht schlafen, aber das lag wohl weniger an der Bettwäsche als am Radium aus dem Boden, das sich nachts oft in Wohnräumen ansammelt. Und natürlich am Müllbeutel mit der Bettwäsche drin, der gerade frisch-fröhlich seine Weichmacher in der Raumluft verteilte.

Jedenfalls nein, pfui, nicht googeln, muss ich halt wirklich mal die Wacker fragen, warum mein Körper so reagiert. Auch wenn es ihr eine elende Genugtuung verschaffen wird, wenn ich so ganz unaufgefordert, so aus «reiner Eigenmotivation» mit einer Frage komme. Wahrscheinlich glaubt sie dann, mein Bauch hätte es mir geraten.
 Darüber muss ich jetzt selbst etwas lachen und bei dieser Gelegenheit merke ich erst, wie gut es mir eigentlich geht. Herausragend gut sogar. Nicht speziell jetzt in diesem Moment, sondern die letzten Tage generell. Ich wage sogar zu sagen, dass ich mich gerade besser fühle denn je. Und natürlich weiß ich auch warum. Weil ich pausenlos an Elena denke. Weil ich über ihr Projekt nachdenke, über ihre Sichtweise, über ihre Kunst, über Kunst generell. Ich denke. Und damit tue ich ja dasselbe, was ich immer tue, neu aber halt eben in gut. Sodass ich es bewusst genießen kann. «Konstruktiv» würde die Wacker dieses Denken vermutlich nennen, aber was schert mich die Wacker, wenn es mir gut geht. Auf jeden Fall fühlt es sich gerade so großartig an, dass ich gar nicht genug von diesem Denken bekommen kann. Es ist ein wenig, als würde mein Hirn endlich für das gebraucht, wofür es die ganze Zeit trainiert worden ist. Und vielleicht stimmt das ja sogar. Vielleicht waren all die letzten Jahre nur ein einziges großes Aufbauprogramm. All diese unzähligen Tage, an denen ich rastlos

durch die Stadt gezogen bin, um meinen Kopf dringend benötigten Reizen auszusetzen. All die schlaflosen Nächte, in denen ich mich in diesen Nachdenkspiralen verloren habe. Vielleicht hatten ja all diese exzessiven Gedankenstürme, die mir so oft sinnfrei erschienen, sich meistens schmerzhaft anfühlten und definitiv immer energieraubend waren, letztlich ja doch einen Sinn. Oder sagen wir, zumindest einen Zweck: mein Hirn zu entwickeln, es zu trainieren und es vorzubereiten auf diesen Moment, in dem ich endlich entdecken würde, wofür es sich zu brauchen lohnt.

SIEBEN

ELENA

So wie sie ihn da sitzen sah, hatte Elena ihn noch nie sitzen sehen. Genau genommen war das, was er hier vollführte, auch nicht Sitzen im klassischen Sinne. Zwar befand sich der Großteil seines Körpers über dem Sitzbereich des Stuhls, nur verharrte er da nicht, sondern richtete sich unentwegt neu aus. Es waren kleine Bewegungen, die zu minimalen Veränderungen in seiner Haltung führten, ausgeführt in hoher Frequenz und ohne je zur Ruhe zu kommen. Es wirkte, als würde sein Körper ein ausgeklügeltes Kalibrierungsprogramm durchlaufen, das ihn auf eine veränderte Situation auszutarieren versuchte.

Von dieser körperlichen Unruhe abgesehen, wirkte er aber äußerst fokussiert. Sein Blick ging durch die Glasfront ins Unendliche und die anderen Gäste im Café schienen in seinem Hier und Jetzt schlicht nicht zu existieren. Ja, dachte Elena, während sie ihn so beobachtete, darin ist er wirklich gut. Immer eigentlich, aber ganz speziell noch in Gesprächen, wie Elena schon lange vor ihrem ersten Zusammentreffen hatte beobachten können. Unabhängig davon, ob sein Gegenüber gleicher oder unterschiedlicher Meinung war, brachte er sowohl der Person als auch der Diskussion eine derartige Hingabe entgegen, dass das Leben außerhalb dieses Gesprächs für ihn nicht mehr stattzufinden schien.

Es war eine Fähigkeit, die Elena vorher noch nie bei jemandem in einer solchen Ausprägung gesehen hatte und die sie jetzt, wo sie sie an sich selbst erleben durfte, jedes Mal von Neuem einnahm. Diese Mischung aus absolut ehrlicher, fast schon kindlicher Neugierde und einem wahrhaftigen Interesse an ihr und all dem, was sie diskutierten, war von überwältigender Schönheit. Ihm in die Augen zu blicken und dabei zu spüren, wie die Welt da draußen für ihn weg war, war schlichtweg erregend.

Das ist es wohl, dachte Elena, was Menschen wirklich sexy macht. Was essenziell ist für richtig guten Sex. Dass man sich bedingungslos und uneingeschränkt in einem Moment geben kann. Für diese Zeit bereit ist, alles andere aufzugeben. Ja, dachte Elena, guter Sex ist genau das: immense Neugierde, totale Offenheit und die Fähigkeit, sich unsterblich in den Moment verlieben zu können.

Das konnte er.

Und wie er das konnte.

Das machte es für Elena natürlich nicht einfacher, ihre Augen auf dem Ziel zu behalten. Und so musste sie sich nach jedem Treffen mit ihm von Neuem sagen, dass der Grund, warum ausgerechnet sie in den Genuss dieser ganzen Aufmerksamkeit kam, ein unspektakulär erklärbarer war: Sie hatte sein Potenzial erkannt, ihn im richtigen Moment am richtigen Ort angestupst und damit diese Zuwendungswelle selbst ausgelöst. Und egal wie unfassbar gut diese sich jetzt auch gerade anfühlen mochte, egal wie sehr es auch ihrem Ego schmeichelte: Diese Zuneigung hatte nicht wirklich viel mit ihr als Individuum zu tun. Was Elena auch ganz gut so fand. Sagte sie sich immer wieder.

ER

Hast du gewusst, dass Bananen radioaktiv sind? Hat Elena nicht. Habe ich ja auch nicht, das heißt, doch, irgendwie schon, denn ich erzähle es ja gerade. Aber es ist so einer dieser Fakten, die man mal irgendwo gelesen oder gehört hat und die dann irgendwann wieder aus dem Gedächtnis verschwinden, bis man sich urplötzlich, aus einem nicht nachvollziehbaren Grund, wieder an sie erinnert. Aber nur gerade so sehr, dass man sich trotzdem nicht ganz sicher ist, ob man das jetzt tatsächlich weiß oder man es nicht eventuell doch erfunden haben könnte, weil etwas für eine lange Zeit nicht gewusst zu haben, macht halt schon skeptisch. Jedenfalls sage ich nun laut, dass Bananen radioaktiv strahlen, und weil ich es ausspreche, bin ich augenblicklich wieder überzeugt, dass es stimmt. Macht ja auch Sinn, dass sie strahlen, denn das tun andere Dinge wie zum Beispiel Menschen auch, aber die halt deutlich weniger. Eine Banane dagegen strahlt vergleichsweise stark. Das Kalium ist schuld daran, also nicht direkt, aber irgendwie auch schon, und ich glaube, das Wort Isotop hat auch noch etwas damit zu tun, jedenfalls sind die Details der Erklärung zu kompliziert, als dass ich sie mir hätte merken können.

Das Verrückte aber am Bananenstrahlen ist, rede ich weiter, dass es anscheinend niemandem bewusst ist. Und so stellen wir uns im Supermarkt alle paar Tage ganz entspannt neben einen riesigen Berg strahlender Früchte, greifen uns in aller Ruhe einen Bund oder Strauß oder wie immer man das auch nennt, legen ihn auf eine Waage und drücken dann die Eins und zwar immer die Eins oder höchstens vielleicht noch eine Eins mit zwei Nullen dran, falls die Waage dreistellige Zahlen will, jedenfalls drücken wir immer die Eins, immer und auf jeder Waage, in jedem Großverteiler, jedem Biomarkt, beim Türken um die Ecke, immerimmerimmer die Eins, was eigentlich null Sinn macht, weder alphabetisch (Apfel, Avocado) noch verkaufsmengenmäßig (Äpfel, Birnen), aber hey, da müsste ich jetzt vielleicht den vom Laden bei mir um die Ecke mal fragen, möglicherweise ist das ja wegen einer Verschwörung so oder nein, noch schlimmer, weil es immer schon so war. Jedenfalls nehmen wir diese radioaktiven Bananen mit nach Hause und drapieren sie dort hübsch in einer großen Schale, bevor wir sie dann ein, zwei Tage später, richtig, essen! Ohne Zögern. Ohne gesundheitliche Bedenken. Ohne schlechtes Gewissen. Im Gegenteil. Wir finden: Ja, doch, Frucht gegessen, wieder mal was Gesundes getan. Außer natürlich wir haben die Banane während der Vorbeifahrt an einem Atomkraftwerk gegessen. Dann haben wir ein mulmiges Gefühl. So wie beim Röntgen, nach dem ich jedes Mal überzeugt bin, innerhalb der nächsten sechs Monate an mindestens drei Krebsarten sterben zu müssen. Was ich aber für eine logische Reaktion halte, solange die Leute, die dir so sehr versichern, wie ungefährlich diese Menge Strahlung sei, dafür immer den Raum verlassen. Wahrscheinlich gehen sie dann jeweils kurz in den Pausenraum und lachen bei einer Runde Bananen über uns. Natürlich ohne zu wissen, dass der Früchtekorb vor ihnen eben gar nicht mal so wenig strahlt, sondern immerhin so viel, dass die Detektoren, mit denen die US-Regierung den geheimen Transport von Atomwaffen überwacht, bei Bananencontainern immer ausschlagen. Bon Appétit, gell.

Jetzt lacht Elena und, voilà, Ziel erreicht. Noch mehr gefällt mir aber, dass wir beide nun das mit den Bananen wissen, während alle anderen in diesem Café weiterhin nichts davon ahnen. Ich überlege, ob wir nicht etwas mit diesem Wissensvorsprung tun sollten.

ELENA
Auf dem Heimweg ging Elena das Gespräch in ihrem Kopf noch einmal durch. Nicht inhaltlich, denn das mit den Bananen hätte ihr egaler nicht sein können, sondern formal. Sie war bewegt, wie filterlos er seinen Stream of Consciousness mit ihr zu teilen bereit gewesen war. Und vor allem, dass er es erneut getan hatte, diesmal sogar bei einem Thema, das ihm nicht mal wichtig war. Es schien, als wäre diese Art, sich ihr mitzuteilen, für ihn das Natürlichste der Welt, als würde gar keine andere Kommunikationsweise ihr gegenüber infrage kommen.

Elena war selbst etwas überrascht, wie glücklich sie das machte. Mit jedem seiner rastlosen Sätze hatte er deutlicher offenbart, dass er das Denken eines Künstlers besaß. Alles, was seinen Mund verließ, schien ungefiltert nah an seinem Gedankenstrom, den er, entgegen vielem anderen, gar nicht erst zu kontrollieren versuchte, sondern einfach ungezähmt seiner Neugierde nachjagen ließ. Alles, was er sagte, schien für ihn selbstverständlich so gesagt werden zu müssen, wie er es sagte. Elena schloss daraus, dass dies für ihn auch die einzig vorstellbare und somit «normale» Art zu denken war. Ein rein interessenorientiertes Denken, das er sich selbst angeeignet und dann zu dieser absolut rohen, dem Produktivitäts-Diktat verweigernden Form weiterentwickelt haben musste. Vollkommen unwissend, dass er es in die Schublade der Kunst hätte einordnen können.

Elena entschied, diesen Gedanken nicht mit ihm zu teilen. Sie war überzeugt, dass er selbst und in seinem eigenen Tempo entdecken musste, wer und was er war. Schon allein deshalb, weil er eine solche Zuschreibung sonst nie vollständig würde glauben können. Ganz speziell nicht, wenn sie von einer Person käme, die wegen ihrer Gefühle für ihn aus seiner Sicht einen Grund dafür hätte, ihm schmeicheln zu wollen.

Dieser Gedanke brachte Elena zum Lachen, was ein ihr auf dem Gehsteig entgegenkommender Mann als Aufforderung verstand, vor ihr stehen zu bleiben und zu fragen, ob er auch mitlachen dürfe. Elena, aufgrund ihres Äußeren solche Übergriffigkeiten gewohnt, weigerte sich aktiv, aus ihren Gedanken gerissen zu werden, und setzte ihren Gang um den Störfaktor herum fort.

In ihrem Kopf ging sie zurück zum Gespräch im Café und dachte darüber nach, wie sie es dann doch nicht ganz hatte lassen können, ihm einen Stups in die von ihr gewünschte Richtung zu geben. Als er sich nach seiner Bananen-Story nämlich für die obsessive Art entschuldigen wollte, mit der er sich manchmal in solche Belanglosigkeiten verkrallen würde, hatte Elena nur geschmunzelt und ihm dann gesagt, dass Obsessionen eine hervorragende Grundlage für Kunst seien. Als Reaktion darauf hatte er laut gelacht und gemeint, dass er sich eben genau da von einer Künstlerin wie ihr unterscheide: Seine Obsessionen blieben halt nur Obsessionen, da aus ihnen nichts Interessantes entstünde.

Elena hatte das überhaupt nicht lustig gefunden und sofort ernst klargestellt, dass Künstler*in zu sein weder bedeute, eine besondere Fähigkeit oder Fertigkeit zu besitzen, noch dass man etwas herstellen müsse. Künstler*in zu sein bedeute für sie lediglich eines: auf eine andere Art zu denken.

Dass er auf diese Aussage erst leicht verdutzt reagiert, dann kurz geschwiegen und schließlich das Thema gewechselt hatte, nährte in Elena die Hoffnung, dass sie ihm genug Denkstoff mitgegeben hatte, damit er sich in diesem Bereich nun selbst etwas mehr Sicherheit erarbeiten konnte. Sodass er sich dann, wenn es schließlich auf ihn ankommen würde, selbst mehr zutrauen würde. Gleichzeitig hoffte sie aber auch, ihn damit nicht derart verwirrt zu haben, dass es ihn von seiner Suche nach Erkenntnis ablenken könnte. Dieser Suche, auf der er sich seit Jahren schon nichtsahnend befand und die er seit Elenas Auftauchen nun mit Pauken und Trompeten voranzutreiben schien.

Natürlich hatte er sich lange schon für Kunst interessiert. Hatte Kunstliteratur gelesen, Interviews mit Künstler*innen verschlungen und eine Unmenge an Filmen geschaut. Aber die Intensität und Geschwindigkeit, mit der er all das nun seit ihrem ersten Zusammentreffen tat, sowie die Vehemenz, mit der er das daraus gewonnene Wissen in sich aufzusaugen schien, grenzte für Elena schon fast an manisches Verhalten. Nicht dass er ihr gegenüber je etwas von all dem erwähnt hätte. Nein, Elena wusste das alles nur aus seinen Notizbüchern, die er in schwindelerregendem Tempo am Vollschreiben war. Diese Bücher hatte sie zwar nicht wirklich lesen können, aber die Auszüge daraus, die Elena immer dann abfotografieren konnte, wenn sie sich ein paar Sekunden allein in einem seiner Räume befand, reichten für dieses Urteil allemal aus.

Elena fühlte sich ob seiner obsessiven Art durchaus geschmeichelt. Dennoch mischte sich auch eine Prise Verstörtheit in ihre Freude, hatte sie doch die Heftigkeit seines Engagements im Vorfeld schlicht unterschätzt. Sodass Elena nun plötzlich etwas unsicher war, ob durch seine überschäumende Eigeninitiative nicht eventuell die Gefahr entstehen konnte, dass ihr irgendwann die Kontrolle über die Gesamtsituation entgleiten könnte. Aber, sagte sie sich, das war nun mal der schmale Grat, den sie gehen musste. Denn einerseits brauchte sie ja eine Person, in der ein echtes, intrinsisches Interesse an einem Erweckungsmoment lauerte – nach welchem sie sich auf alles einlassen würde. Andererseits barg eine solche Persönlichkeit aber auch immer die Gefahr, schon durch einen sachten Anstoß in diese Richtung eine unkontrollierbare Eigenbeschleunigung zu entwickeln, die zu einer fürs Projekt gefährlichen Überreaktion führen könnte.

Open the floodgates, dachte Elena, funktioniert als Konzept eben nur, wenn man, so wie sie, oben auf der Staumauer steht. Und nicht wie er davor.

Bisher aber war nichts vorgefallen, was Elena Sorgen bereitet hätte. Ihr Gefühl sagte, dass er das, was er sich zumutete, immer noch bewältigen konnte. Was sie durchaus bemerkenswert fand, war es doch selbst in Elenas Maßstab viel. Sein immenser Hunger beschränkte sich nämlich längst nicht mehr nur auf Wissen, sondern betraf nun auch diverse andere Aspekte seines Lebens. Wie etwa das Ausleben seiner Sexualität. Der Sex zwischen ihnen – von Elena ursprünglich als Beschleuniger gedacht, um erst sein Interesse und dann sein Vertrauen zu gewinnen – hatte sich sehr schnell zu einer eigenständigen, sich selbst weiterentwickelnden Kraft geformt, über die sie beide nun, wie Elena sich eingestehen musste, keine Kontrolle mehr besaßen. Was den Sex für beide zum Sex ihres Lebens machte.

Warum das zwischen ihnen so unfassbar gut funktionierte, war auch Elena nicht ganz klar. Aber sie vermutete, dass sowohl er als auch sie durch die bedingungslos ehrliche und kompromisslose Befriedigung der eigenen Bedürfnisse automatisch auch die Bedürfnisse der anderen Person auf eine vollkommene Art zu befriedigen vermochten.

Alles Körperliche zwischen ihnen fühlte sich so unglaublich einfach an. Alles schien zu gehen, alles schien ihnen beiden zu entsprechen, egal ob sie Dinge taten, die beide so zuvor noch nie getan hatten, oder ob sie sich einfach nur gegenseitig anschauten.

Jedes einzelne Mal Sex war anders und jedes Mal war einzigartig gut.

Und Elena konnte das genießen, wie sie noch nie etwas genießen konnte. Im vollen Bewusstsein, wie gefährlich das vermutlich war.

ER

Duldet Kunst irgendetwas anderes als absolute Hingabe? Muss man, um ein wahres Werk erschaffen zu können, alles diesem einen Ziel unterordnen? Ist es überhaupt möglich, etwas Bedeutsames zu produzieren, wenn man einen Teil seiner Energie dafür verwendet, ein einigermaßen funktionierendes soziales Wesen mit akzeptablen Beziehungen zu sein? Oder braucht es, um Wahrhaftiges erschaffen zu können, schlicht eine Radikalität, die Menschen wie ich gar nie werden aufbringen können?

Also nicht, dass ich bisher enorm viel in Beziehungen investiert oder, sagen wir, überhaupt irgendwelche gehabt hätte, die diesen Namen wirklich verdienen würden. Aber jetzt ist da ja Elena. Und was immer das zwischen uns auch ist – es nimmt zu Recht einen großen Platz in meinem Leben ein. Den gefühlt größten sogar. Neben meiner Arbeit an mir selbst natürlich, denn Achtung: Ohne ein funktionierendes «Ich» kann es auch kein «Wir» geben. Soviel habe ich nach Jahren in Therapie immerhin schon kapiert. Und deshalb investiere ich ja eben auch in meine eigene Funktionalität, viel sogar. Würde die Wacker jetzt sicher anders sehen, womit sie aber falsch läge, denn allein schon ihre Präsenz in meinem Leben beweist ja meinen Punkt. Den sie natürlich nie und nimmer so gelten lassen würde, aus ... Gründen. Wahrscheinlich weil meine Investitionen ins «Ich» immer noch viel zu klein sind und ich darum gar nicht so schnell vorankomme, wie ich mir selber vormache. Sodass das alles zwar schon etwas bringt, aber vermutlich dann halt erst «in the long term». Würde die Wacker jetzt in ihrem perfekten Britisch-Englisch sagen, warum auch immer sie so redet. Vielleicht weil damals in der Schule niemand Zeit mit ihr verbringen wollte und sie dann, um zu zeigen, dass sie etwas Besseres ist, schnell mal die Sprache des englischen Hochadels gelernt hat. Oder weil sie wirklich etwas Besseres ist und tatsächlich an irgend so einer britischen Eliteuniversität studiert hat. Oder aber weil sie eigentlich aus dem englischen Königshaus stammt und hier nur Therapiestunden anbietet, weil sie Menschen wie mir hobbymäßig auf den Geist gehen will, was weiß ich, ich weiß es nicht, weil ich ja gar nichts über diese Frau weiß – es geht ja immer nur um *mich*. Jedenfalls, selbst wenn es für den Akzent der Wacker irgendeine gute Erklärung gäbe, hätte ich da immer noch eine inhaltliche Frage zu diesem elenden «in the long term»: Warum zur Hölle? Warum muss sie das immer wieder einflechten in ihre sonst so spärlichen Sätze? Weil sie mich ununterbrochen daran erinnern will, wie weit weg ich von meinem Therapie-Ziel noch bin? So wie der Typ bei den Römern damals, der während der Siegesparaden mit dem zurückgekehrten Kriegshelden im Wagen stand und ihm ununterbrochen «Du bist kein Gott» zuflüstern musste, um ihn auf dem Boden der Realität zu halten, während die zujubelnde

Masse ihn gefeiert hat? Wohl eher nicht, weil mich feiert ja niemand. Für was auch. Vielleicht ist es sogar das Gegenteil und die Wacker hat mich längst aufgegeben und streut das «in the long term» nun aus purer Faulheit ein, weil sie denkt: «Long term gibts bei dem eh nicht mehr, also schieben wir einfach alles auf später.» Oder aber es ist wie immer sehr viel weniger kompliziert und sie tut es einfach, weil es keinen Sinn macht – und sie weiß, dass ich mir deswegen den Kopf zermartern werde. Ach, was weiß ich. Na ja, ich weiß, dass sie es nicht tut, um Abhängigkeit von ihr zu generieren. Denn die ist ja eh in Stein gemeißelt. Ok, in Papier. Und gemeißelt auch eher weniger, wobei so einen Prägestempel hat es da auf dem Vertrag schon auch drauf, wenn ich mich richtig erinnere, und Prägen könnte man ja irgendwie schon als eine moderne Version von Meißeln sehen, also nicht modern wie in «wirklich zeitgemäß», sondern einfach ein kleines bisschen moderner als «in Stein meißeln», weil sonst müsste es ja «in die Blockchain gedropt» oder irgend so einen Scheiß heißen.

Aber wo war ich?

Bei der Abhängigkeit, genau.

Manchmal glaube ich ernsthaft, dass Vater die Wacker damals nur deshalb in diese verdammte Testamentsvollstreckung reingeschrieben hat, um mir zum Schluss noch so richtig einen mitgeben zu können. So im Sinne von: Schau, mein Sohn, das alles soll nun dir gehören! Nur um sich dann beim finalen Abtreten – oder in seinem Fall beim finalen «Rausgeschleudert-werden», aber lassen wir die retraumatisierenden Details dieses Unfalls vielleicht lieber mal beiseite –, jedenfalls eben nur um sich beim Abtreten dann nochmals so scheiß Columbo-mäßig umdrehen zu können und zu sagen: Just one more thing.

Natürlich, Vater.
Die Wacker.
Bravo.

ACHT

ER

Auf, ab. Nackte Sohlen auf kühlem Boden, Nase fast am Küchenfenster. Das Glas beschlägt. Unten von der dampfenden Kaffeetasse, oben von meinem Atem. Unten zart und flüchtig, oben regelmäßig pulsierend. Weil, ja, ich lebe. Um das festzustellen, brauche ich im Moment ausnahmsweise keine Scheibe. Hat man das früher eigentlich wirklich so getestet, ob jemand noch atmet? Also so Taschenspiegel unter die Nase, um zu schauen, ob die Person tot, bewusstlos oder einfach nur extrem langweilig ist? Hm, gutes Bild irgendwie, könnte man vielleicht etwas damit machen. Eine Performance vielleicht? Menschen gegen Spiegel atmen lassen. Oder ein Theaterstück, in dem dann alle Lebenden einen Spiegel vor dem Mund tragen und ihn verlieren, sobald sie sterben. Wäre natürlich absolut bescheuert und zum Spiegel abgeben langweilig. Aber hey, ich wette, die Bude wäre voll. Allerspätestens nach der ersten Rezension, in der ein schlecht gealterter Feuilleton-Journalist uns ungefragt erklären würde, dass dieses Stück eigentlich eine unterschwellige Auseinandersetzung mit dem Thema Narzissmus sei, weil hey, Spiegel, sich selbst anschauen, omg, wow, Hans-Günther! Und dieser Text würde sie dann alle anlocken, die Leute, die «sich zwischendurch gerne auch mal etwas Ungewöhnliches ansehen», sprich, einfach etwas Plakatives mit Stroboskopblitzen am Ende des zweiten Aktes. All so diese Judiths und Bernds, die jedes Mal «Wow!» sagen oder «Mutig!», wenn jemand den ersten und naheliegendsten Gedanken zu einem «so großen Thema» nimmt und den dann dem Publikum unreflektiert ins Gesicht drückt. Sodass Bernd dann bei seinem nächsten Wine&Dine-Abend mit glasigen Äuglein so Sachen wie «Schon radikal, aber halt echt genial, gell» sagen und Judith ihre im Theater abgefilmten Random-Sequenzen mit einer «MUST SEE!»-Caption auf Instagram hochladen kann. Ja genau *die* Judith, die in ihrer Bio «humorvoll» stehen hat, neben der Flagge von Griechenland, weil das ihre «wahre Heimat ist», seit sie da mal Urlaub gemacht hat, während bei Bernd an gleicher Stelle «In vino veritas» steht und «Alle Tweets sind meine eigene Meinung», wobei nein, das wäre dann ja die andere Plattform, aber egal. Leute mit beschränkter Vorstellungskraft halt, mit Jobs, die sie nur darum nicht schreiend verlassen, weil sie noch nie darüber nachgedacht haben, dass man ihren Job eigentlich schreiend verlassen müsste. Und jajaja, Klassismus, ich weiß. Nicht alle haben denselben Zugang zu Bildung und Wissen und überhaupt. Und ich, der all diesen Zugang hatte und noch immer habe und dazu auch noch dem scheißprivilegiertesten Geschlecht in einem der scheißprivilegiertesten Länder des Planeten angehöre und dazu auch noch die scheißprivilegierteste Hautfarbe habe, mache irgendwie nichts anderes, als mich mit mir selbst zu beschäftigen. Und damit bin ich halt eben keinen Deut besser als Judith und Bernd, vielleicht sogar schlimmer.

Ich meine, was habe ich denn zu bieten? Ich habe Elena getroffen, also nein, nicht mal das, sie hat mich getroffen, und seither verhalte ich mich wie ein treudoofer Golden Retriever, der zum ersten Mal am *Knochen der Erkenntnis* geschnüffelt hat und jetzt gerne glauben würde, dass er aus Versehen den heiligen Gral ausgegraben hat. Knochen der Erkenntnis gibt es als Formulierung natürlich gar nicht und der Gralsvergleich hinkt auch fürchterlich, aber hey, *das* kann ich: über irgendetwas so reden, als wüsste ich, worum es geht. Während ich in Wahrheit in keinem einzigen Feld wirkliches Wissen besitze und deshalb ununterbrochen mit Pointen davon abzulenken versuche, dass ich eigentlich keine Ahnung von irgendwas habe. Was ja ein durchaus gesellschaftlich anerkanntes Verhalten ist für einen Mann, der während seiner Sozialisation schon früh gelernt hat, dass es sich für ihn lohnt, nicht gerade auf die dümmsten und machoidesten Männlichkeits-Stereotypen hereinzufallen, und dass eine einigermaßen anständige Pointendichte ihn noch zusätzlich aus all den anderen um ihn herumstehenden Pflöcken herausragen lässt. Oder anders gesagt, dass er mit ein paar subversiven und verständnisvollen Pointen am richtigen Ort wirklich mit fast allem durchkommt. Weil er damit dann schlichtweg alles besitzt: all seine angeborenen Privilegien *und* die Sympathie derjenigen, die täglich gegen diese Privilegien anderer ankämpfen müssen. Und genau darum schäme ich mich mittlerweile auch nach fast jedem Gespräch mit anderen Menschen. Entweder dafür, dass ich nur so interessant wirke, weil ich Tricks anwende, die mein Gegenüber nicht durchschaut. Oder aber, wenn das nicht klappt, fürs Dabei-erwischt-worden-zu-sein.

Was dann halt mittlerweile dazu geführt hat, dass ich lieber nur noch in meinem Kopf rede als mit Leuten. Denke ich, während ich weiter meine Spieglung im Fenster anhauche.

Auf, ab. Nackte Sohlen auf kühlem Boden, einatmen, aus.

Das Hirn entwickelt sich in die Richtung, in der man es trainiert. Habe ich mal in so einem Magazin für psychologisches Halbwissen gelesen. Das Denken wird also von der eigenen Lebensführung beeinflusst, falls ich das richtig verstanden habe. Nun entscheidet mein Hirn ja aber auch, wie ich lebe. Heißt das nun also, dass sich Hirn und Lebensführung gegenseitig immer weiter hochschaukeln? Also so: Mein Hirn sagt mir, wie ich leben soll, was ich dann natürlich tue, weil ist ja immerhin mein Hirn, also verändert das dann meine Lebensführung, welche wiederum mein Hirn beeinflusst, das dann ja wieder entscheidet, wie ich leben soll undsoweiterundsofort. Ich meine, kann das wirklich sein? Dass das eigene Hirn immer extremer in die Richtung pusht, in die man schon unterwegs ist? Also konkret: Heißt das, dass wer radikale Kunst lieben lernt, dadurch auch ein klein wenig radikaler zu denken und dann zu handeln beginnt, dieses radikalere Handeln dann wiederum das Hirn so trainiert, dass es noch radikalere Sachen zu mögen beginnt, worauf dann das Handeln ... Also in kurz: dass man seine Entscheidungen jedes Mal auf Basis sich stetig radikalisierender Grundwerte fällt?

Ich drehe mich weg vom Fenster und betrachte meine Küche. Ein Tisch, ein verbliebener Stuhl. An der Wand zwei A4-Blätter mit wenig Text, eine Lampe, die eingebaute Küchenzeile, fertig. Von diesen Dingen abgesehen, stehe ich in einem leeren Raum mit weißen Wänden. Und das gilt nicht nur für meine Küche, sondern mittlerweile für jeden Raum in meiner Wohnung. Ich versuche mich zu erinnern, wie viele Sachen ich allein in den letzten paar Wochen aus meinem Leben entfernt haben muss. Was alles ich Nacht für Nacht auf die Straße gestellt und damit in den Kreislauf der Zweitverwertung eingespeist habe. Ich komme auf keine konkrete Zahl, bin mir aber sicher, dass sich meine Adresse längst in der Schnäppchen-Szene rumgesprochen hat.

Jede Person, die mich vor einem Jahr besucht und jetzt hier wieder vorbeigeschaut hätte, wäre wohl überzeugt, dass ich gerade meinen Auszug am Vorbereiten bin. Was natürlich ein rein hypothetisches Gedankenspiel ist, weil ich grundsätzlich keine Menschen zu mir einlade. Und weil ich Elena, die bisher einzige Ausnahme dieser Regel, noch gar nicht so lange kenne.

Ich mache drei Schritte nach links und dann viele nach vorne, wobei ich meine linke Hand die Wand entlang schlidern lasse, so als wäre sie mein Stromabnehmer, der mich, solange Kontakt zu einer Oberfläche besteht, mit Energie versorgt. Ich fühle die Kühle und Rauheit des Verputzes und höre das Geräusch, das durch die Reibung entsteht. Raus in den Flur, der Türrahmen ist glatt und wärmer, rein ins Wohnzimmer, Hand an der Wand. Nie habe ich mich hier wohler gefühlt als jetzt. Überall Raum, alles reduziert, alles wirkt übersichtlich und klar und das trifft zunehmend auch auf meine Gedanken zu. Ich glaube, sie sind fokussierter denn je. Auf das wenige, was zählt. Auf das, was ich wirklich mag. Auf Elena, zum Beispiel.

ER

Sogar der Wacker ist das Ganze damals sichtlich unangenehm gewesen. Und ich, bravo, habe aus diesem Zögern dann natürlich gleich geschlossen, dass ich sie easy auf meine Seite ziehen könne, in dieser elenden Testamentsgeschichte. Mit der naiven Argumentation, dass diese scheiß Klausel meines Dads juristisch betrachtet zwar vielleicht eine gewisse Gültigkeit besitzen könnte – meine Anwältin hat sie mir gegenüber «hieb und stichfest» genannt –, so etwas aber definitiv nicht mit dem hippokratischen Eid oder auf was sie als Psychologin auch immer geschworen hat, vereinbar sei. Weil diese testamentarische Verordnung ja von einer Drittpartei aufgezwungen und damit sicher nicht im Interesse ihres Patienten sein könne. Also von mir. Was natürlich, wie ich noch während des Aussprechens gemerkt hatte, den Logikfehler enthielt, dass ich zu diesem Moment noch gar nicht ihr Patient war und es ja genau darum ging, ob ich es werden würde, gegen meinen eigenen Willen sozusagen. Also nein, auch nicht ganz, denn ich hätte ja auch einfach mein ganzes Erbe aus dieser scheiß Stiftung, die mein Dad extra zu diesem Zweck gegründet hatte, ablehnen können und schon wäre ich frei gewesen. Aber hey, wie frei ist ein Wille schon, wenn der Mensch, der ihn besitzt, genau weiß, dass er mit dem Leben in dem beschissenen System da draußen nicht klarkommt und er darum auf eine Alternative zu lebenswillenzerstörender Lohnarbeit angewiesen ist?

Ja, Vater, darüber hätten wir zum Beispiel mal reden können, damals, als du noch hättest reden können, du es aber sinnvoller fandest, deine Lebenszeit ins interne «Überprüfen» von Firmen und Holdings und Konglomeraten und was weiß ich auch immer zu stecken, mega clever, Vater, bravo, super gemacht, dein Leben großartig investiert, in «was Richtiges», gell. Nicht wie all diese «Kunstfuzzis», die du immer so belächelt hast, die deiner Ansicht nach einfach «irgendwelche Gebilde erfinden, in einem von ein paar pseudocleveren Leuten erschaffenen fiktiven System». Ja, Vater, denen hast du es aber so richtig gezeigt, indem *du* deine Energie, deine Zeit und deine sowieso schon nicht großzügig vorhandene Liebe in die Kontrolle erfundener Gebilde in einem von irgendwelchen pseudocleveren Anzugfuzzis erschaffenen fiktiven Marktsystem gesteckt hast. Anstatt, und hey Paps, ich denke jetzt nur mal laut, zum Beispiel in die Menschen um dich herum? Ganz speziell vielleicht sogar in diesen kleinen Menschen, den du auf diese fucking Welt gestellt hast und der von dem Moment an, als er selbstständig stehen konnte, an deinem Ärmel zupfen musste, um auch nur irgendwas abzukriegen, was mit sehr viel Fantasie an was Ähnliches wie Zuneigung erinnert hat? Irgendwas halt, was über die üblichen Ich-arbeite-hier-für-deine-Zukunft-Sohn-Plattitüden hinausging?

Zukunft mein Arsch, Dad! Es ging dabei einfach um dich. Und das allein wäre ja wenigstens noch irgendwie nachvollziehbar. Was ich dir aber nie werde verzeihen können, ist, dass du mich auf eine absolut sinnlose Weise im Stich gelassen hast. Du hast dich nicht etwa für etwas zurückgezogen, das dich wenigstens im Ansatz glücklich oder zumindest etwas zufriedener gemacht hätte. Nein, du hast dich, anstatt für mich, für etwas entschieden, das dir keinerlei Freude bereitet hat. Du hast dein Leben damit verbracht, irgendwelchen Firmen, die du gehasst hast, dabei zu helfen, das Leben ihrer Mitarbeiter*innen noch etwas schwieriger zu machen, als es sowieso schon war. Nur damit diese menschenverachtenden Scheißtypen in den Führungsgremien, von denen du jeden einzelnen (und hier ist gendern unnötig, gell Dad haha) verabscheut hast, noch etwas mehr Kohle abgreifen konnten. Hättest du natürlich nicht so formuliert, gell Dad, aber irgendwo in deinem total unsicheren und von dir selbst enttäuschten Kern hast du es wohl genau so gefühlt. Denn warum sonst hättest du diesen Scheißvertrag für mich aufsetzen sollen? In Ruhe geplant und wohl durchdacht, ausgearbeitet vor vielen Jahren schon, lange bevor du dich und deine zwei brandneuen Leidenschaften (dieses laute Auto und diese ruhige Frau) dann mit Hundertdreißig außerorts zerlegt hast?

Richtig. Du hast es gemacht, weil dir längst klar war, was du und Mutter bei mir angerichtet habt. Was ihr verbockt habt. Und das hat an dir genagt, lautlos und unsichtbar, aber unaufhaltsam. Denn sonst hättest du gar nie erst diese Erb-Stiftungs-Idee ausscheißen müssen, diese Vollstreckungsklausel, die mich doch noch retten soll, diesen Knebelvertrag, der nun dafür sorgt, dass ich so lange nur diese lächerlich freche Minimalrente erhalte, bis die Wacker mich als mindestens so weit austherapiert erachtet, dass ich «mein eigenes Leben im Griff habe».

Darum: Bravo Dad, Applaus für den Wohltäter! Schön hast du mit deinem Testament alles wieder in Ordnung gebracht, danke für das, dann kommt ja wenigstens jetzt wieder alles gut, auch mit mir und Mutter, die ja halt noch lebt, gell, *dich* aber sicher nicht mehr runterziehen kann mit ihrer ganzen Negativität, weil du bist ja schon da unten hahaha, und das ist natürlich clever, denn jetzt wo du nicht mehr da bist, verpufft ihre ganze Wut und Enttäuschung und Frustration über deine Stiftungshinterlist, mit der du sie aber so richtig über den Tisch gezogen hast, ja nun einfach so im Nichts, puff, weg, gut gelöst Dad haha, außer ... hmmm ... außer natürlich es gibt da noch jemand anderen, der das jetzt alles von ihr abkriegen könnte, haha, hallo Dad, *ich* bin ja noch da, hahaha, hast du wohl übersehen, ja schade gell, hey, Hauptsache du ruhst in ewigem Frieden. Also zumindest die Teile von dir, die man da in der Pampa noch gefunden hat.

Aber eben, Dad, eigentlich ja eine gute Story. Und ich weiß, du hättest auch herzhaft darüber lachen können. Speziell über den Fakt, dass dein Schlussscherz so wunderbar funktioniert hat. Sprich, dass diese so offensichtlich manipulative Klausel dann tatsächlich auch noch für rechtskräftig befunden worden ist.

Und damit hätte sich also wirklich nur noch die Wacker querstellen können. Indem sie mich als Patienten abgelehnt hätte, mit der Begründung, dass ich durchaus mit meinem Leben klarkäme und eine Therapie deshalb gar nicht nötig sei. Und weil die Wacker diese Entscheidung nicht einfach auf die leichte Schulter nehmen oder – Surprise! – ihr Bauchgefühl darüber entscheiden lassen wollte, lud sie mich eben zu Eistee und Bananenbrot in ihre Praxis – um sich meine Sicht der Dinge anzuhören. Die ich ihr dann auch ausgebreitet habe. Ausführlich und ungefiltert, inklusive dem Verweis auf ihren Eid und meiner Im-Interesse-des-Patienten-Theorie. Was sich die Wacker ohne mich einmal zu unterbrechen alles einfach angehört hat. Dann bot sie mir ein drittes Stück Bananenbrot an und sagte, dass sie meine Gedanken «absolut nachvollziehen» könne. Was mich in der Erschöpfung nach meinem Monolog dann so sehr erfreut und erleichtert hat, dass ich all ihre darauffolgenden Fragen einfach ehrlich beantwortet habe.

Vierzig Minuten später war dann selbst mir klar: Es ist durchaus auch im Interesse des Patienten.

Fuck.

ER

Die Nacht war lang und der Anteil an Schlaf daran gering. Habe ich jedenfalls das Gefühl, denn es heißt ja, man schlafe immer sehr viel mehr, als man selber schätzt. Ich hoffe für meinen Körper, dass das stimmt, denn die Signale, die er mir sendet, behaupten das Gegenteil. Daran ändert auch nichts, dass ich seit bestimmt zwanzig Minuten unter dem viel zu heißen Strahl meiner Dusche stehe – sodass nun nicht mehr nur alles *in*, sondern auch alles *an* mir taub ist. Nur das Hirn scheint von all dem nicht betroffen und läuft weiter unbeeindruckt auf Hochtouren. Ein bisschen so wie mein Smartphone, wenn es von einer rechenintensiven App heillos überfordert ist und auf dem Bildschirm weiter Normalität vorzuspielen versucht – während der Prozessor wenige Millimeter dahinter glüht wie ein Uraniumbrennstab.

Falls Uraniumbrennstäbe überhaupt glühen, weiß ich jetzt halt auch nicht, der Mittelteil des Wortes lässt es jedenfalls vermuten. Und da ich mir das alles wie immer sehr plastisch vorstelle, fange ich nun prompt auch zu schwitzen an. Ok, vielleicht ist es ja auch nicht nur meine Fantasie, sondern schon auch das vierzig Grad heiße Wasser, das über meine Schultern läuft, aber jedenfalls schwitze ich während des Duschens und nun habe ich plötzlich Angst, dass ich überhitzen und dadurch bewusstlos werden könnte. Und natürlich haut dieser Gedanke meine Körpertemperatur jetzt erst so richtig nach oben, weshalb ich die Dusche sofort auf kalt stelle und mein Körper mich daran erinnern muss, dass ich Kälte ja auch nur sehr schlecht aushalte. Ich drehe das Wasser ab, trete aus der Kabine und beginne mich abzutrocknen, was ich sofort wieder abbreche, weil meine Kerntemperatur noch immer derart hoch ist, dass ich nicht mehr sagen kann, ob das Tuch nun Wasser oder Schweiß aufsaugt. Und weil der Sinn des Duschens ja eigentlich die Reinigung des Körpers ist und mein Schwitzen jetzt die ganze Aktion davor sinnlos macht, steigt mir der Ärger in den Kopf. Ich beschimpfe mich laut selbst, stampfe wütend zu den Fenstern, reiße sie auf und versuche dann, immer noch schwitzend, im kalten Durchzug meine Atemfrequenz wieder zu normalisieren. Ich atme tief ein und dann alles aus und, wusch, ist die Wut tatsächlich wieder weg. Darob bin ich jetzt selbst etwas perplex, denn das ist neu, dass eine solche Attacke derart schnell vorbei sein kann. Aber irgendwie passt es auch, denn seit ein paar Wochen scheint sowieso alles mit erhöhter Geschwindigkeit abzulaufen. Alles wirkt schneller und dichter, so als hätten sich

Kopf und Körper entschieden, sich ab sofort nicht mehr länger als unbedingt nötig mit irgendwelchen Vorgängen zu befassen. Weil jetzt, nach mehreren Jahrzehnten sinnlosen Vorgeplänkels und mehr oder weniger inhaltsleeren Dahinvegetierens, endlich die Zeit angebrochen ist, auf die es überhaupt erst ankommt.

Jedenfalls ist das ein neues Gefühl und, Scheiße, liebe ich es! Und mit ihm natürlich die Person, die es ausgelöst hat. Elena hat in meinem Leben Platz genommen und als Erstes mal kurz die Handbremse gelöst. Sodass wir nun mit atemraubender Geschwindigkeit durch die Gegend fliegen, in eine Richtung, von der ich bisher nur vermutet habe, dass sie überhaupt existiert. Zum ersten Mal fühlt sich Denken wirklich befriedigend an und ich mich lebendig. Jetzt zum Beispiel, hier, nackt am offenen Fenster, von wo aus ich sehen kann, wie die Menschen auf den gegenüberliegenden Balkonen nun entweder amüsiert lächeln, unangenehm berührt wegschauen oder aber ihre eigenen Probleme haben. Ich bleibe zu meinem eigenen Erstaunen einfach stehen und nicke den Leuten da drüben dann auch noch zu.

Ohne neu zu duschen ziehe ich mich an, verlasse mein Haus durch den Fahrradkeller und warte dann auf den Bus. Nicht auf irgendeinen Bus, sondern den, in dem ich damals Elena getroffen habe. Gleiche Linie, gleiche Zeit. Das mache ich schon seit zwei Wochen so, jeden Tag. Fahrradkeller raus, rein in den Bus, fahren bis zur Endstation, sitzen bleiben, zurück. Eine stetige Repetition des damaligen Settings. Eine tägliche Reinszenierung als Routine, damit mein Körper weiß, was er tun kann, damit ich weiß, was ich tun kann, wenn Elena nicht in meiner Nähe ist und ich meine Gedanken nicht mit ihr teilen kann. Damit ich irgendetwas weiß, mich an irgendetwas halten kann und sei es nur an einen Ablauf. Eins, zwei, drei, vier, die Türen schließen, eins, zwei, der Bus fährt los, eins, zwei, drei, vier, fünf, sechs, sieben, acht, neun, zehn, elf, zwölf, dreizehn, vierzehn, fünfzehn, sechzehn, siebzehn, achtzehn, neunzehn, zwanzig, einundzwanzig, zweiundzwanzig, Bing, jemand hat den Halteknopf gedrückt. Auch das Mitzählen kommt nun regelmäßiger, es hat sich fast schon automatisiert. Es teilt meine Zeit ein, macht ihr Vergehen erlebbar, es erinnert mich an die beschränkte Dauer aller Zustände. Es verschafft mir eine innere Ruhe und versöhnt mich mit der Endlichkeit. Also mit der Dauer, die einem vor dem Ende bleibt. Der Dauer, von der wir nicht wissen, wie lange sie dauert.

Frühe Tode haben mich immer schon fasziniert. Sie erinnern uns daran, dass es keine Sicherheit gibt. Sie sind die Galionsfigur der Unberechenbarkeit, diesem unangenehmen Gefühl, das wir kaum aushalten können und darum immer schön wegdrücken oder zumindest kleinreden versuchen. Etwa indem wir uns bei jedem Todesfall selber glauben machen, dass es zwar immer ein paar Unglückliche trifft, aber halt nur andere. Am dankbarsten dafür ist der Tod alter Menschen. War halt alt gell, traurig und alles, aber was will man, that's the way the cookie crumbles. Tot weil alt, ja das macht Sinn. So sehr sogar, dass es uns nicht mal sonderlich interessiert, was genau dieses Leben denn gestoppt haben mag.

Stirbt jemand aber jung, ja dann ist alles ganz anders. Dann müssen wir sofort auch wissen, woran. Dann brauchen wir den entscheidenden Grund, das Problem, das zu dieser radikalen Verkürzung eines Lebens geführt hat, ja dann brauchen wir diese Zusatzinformation und zwar schnell, denn wir brauchen eine Logik für diesen unlogischen Tod. Und darum fragen wir sogar danach, obwohl danach zu fragen unglaublich unangenehm ist. Die Todesursache *nicht* zu wissen, ist aber noch viel unangenehmer.

Hast du gehört, der Pascal aus unserer Primarschulklasse?
Nein, was?
Der ist gestorben.
Nein, Jesses!
Jaja, letzten Herbst.
Ui, wie traurig!
Ja.
Und ... an was?
Du, der hatte einen Hirntumor.

Uff, Erleichterung. Ja, das ist natürlich ein guter Grund, an Hirntumoren stirbt man natürlich, mega schlimm, aber ja, klar, Hirntumore machen Menschen tot. Und damit haben wir unser eigenes Ende wieder schön zur Seite geschoben, weil wir haben ja keinen Hirntumor und darum müssen wir jetzt vorerst auch noch nicht sterben. Wir sind schon Glückskinder, heieiei.

Und damit können wir auch wieder entspannter über Pascal reden, den armen Pascal, weiß man ja halt auch nicht, wie der so gelebt hat gell, keine Ahnung, hat im Malergeschäft vielleicht jeden Tag Lösungsmittel eingeatmet oder eine Zeit lang mal krass Drogen genommen, du, wir wissen es ja auch nicht, der arme Kerl jedenfalls, aber eben, gibt ja wohl schon einen Grund für den Tumor und zwar einen, der uns nicht betrifft. Denn wir sind ja zum Glück keine Maler*innen und Drogen konsumieren wir auch nur so viel, dass wir uns selbst gerade noch die Unwahrscheinlichkeit daraus resultierender Langzeitschäden vorlügen können. Und damit können wir auf der nächsten Party dann wieder ohne große persönliche Beteiligung über den armen Pascal reden, was wir auch tun, aber eben nie mehr so, wie wir bisher über ihn geredet haben. Weil Pascals Geschichte ist nun für immer geprägt von seiner Art zu sterben. Sein Tod definiert das Narrativ seines Lebens. Wann immer der Name Pascal von jetzt an fällt, der erste Gedanke wird bei allen derselbe sein: Hirntumor.

Und wer hat daran Schuld? Unsere, im Idealfall tumorlosen, Hirne. Wir können schlicht nicht anders. Aber wir können noch schlimmer. Denn ein Hirntumor ist immerhin nur Pech. Also «nur» nicht im Sinne von Pech-ist-nicht-so-schlimm, denn Pech kann natürlich äußerst schlimm sein, speziell wenn man daran stirbt; und ich glaube, wir können uns alle darauf einigen, dass wenn der Tod etwas *nicht* ist, dann «nur», niemand ist «nur tot». Nein, ein Hirntumor ist eben «nur» Pech, was das Korrumpieren des postumen Narrativs betrifft. Weil da ist «Tod durch Pech» definitiv nicht der Spitzenreiter auf der nach oben offenen Richterskala. Oder nein, Moment, auf der oben geschlossenen Skala vermutlich, denn in der Kategorie «Narrations-invasive

Todesarten» gibt es einen so ultimativ klaren Gewinner, dass man die Skala nach ihm getrost wieder schließen kann: the one and only Suizid. Beendest du dein Leben nämlich selbst, verändert sich nicht nur die Reihenfolge, in der die Menschen deine Lebensgeschichte erzählen werden. Nein, in diesem einen Fall deutet die Art deines Todes nachträglich auch noch alles um. Weil du am Ende deines Stückes enthüllst, dass du eigentlich jemand ganz anderes gewesen bist als die Person, die du die ganze Zeit gespielt hast. Kurz: Deine allerletzte Sekunde schreibt in den Köpfen der anderen dein ganzes Leben neu.

Deine Geschichte wird ersetzt durch eine neue – womit sich erstere als das entpuppt, was sie schon immer war: reine Fiktion. Ist die neue Geschichte dann natürlich auch wieder, wie jedes Bild, das wir uns über andere machen. Alles fiktiv. Das wurde mir nie mehr bewusst als damals, als ich nach dieser scheiß Abdankung vor dieser scheiß Kirche all diese scheiß Hände schütteln musste. Und mir dazu noch all die scheiß Trauerkarten-Plattitüden über meinen neuerdings toten Dad anhören durfte. Wirklich alle hatten sie irgendetwas zu sagen und wirklich niemand kam auf die Idee, sie daran zu hindern.

Was für ein außergewöhnlicher Mensch er doch war. Hat vielen Menschen ein Lächeln aufs Gesicht gezaubert. Ein Herz aus Gold. So voller Lebensfreude.

Äh ... nein?

Dagegen war das fiktive Zeugs, das der Pfarrer da vorne predigte, wenigstens unterhaltsam. Wobei der es auch einfacher hatte, schließlich basierte die von ihm erzählte Geschichte auf einem internationalen Bestseller. Jedenfalls war er sicher, dass Gott, in seiner unendlichen Güte, meinen Vater aktiv zu sich gerufen hatte und zwar aus einem Grund, der das Verständnis von uns Menschen übersteigt. Hahaha. Ja, sure, kann man so sehen, muss man aber auch nicht, speziell nicht, wenn der Verstorbene mit mehr als dem Doppelten der zugelassenen Geschwindigkeit in eine von Bäumen gesäumte Kurve gerast ist. Da würde ich zur Verteidigung von Gott dann schon festhalten wollen, dass die Faktenlage nicht unbedingt auf ihn als Schuldigen deutet. Und vielleicht auch noch, dass in so einem Fall die Grenze zwischen Unfall und Suizid halt schon auch ein wenig verschwimmen kann, aber hey, wer bin ich schon. Let's go with the Unfallversion, ist ja auch für alle angenehmer und bietet dazu auch noch den Vorteil, dass man beim Smalltalk dann über mögliche technische Probleme am damals nur zwei Tage alten Sportwagen fachsimpeln kann. Besser das Gaspedal hat Schuld als der Fuß. Macht sich auch in der Todesanzeige besser, weil so kann man «vor seiner Zeit aus unserer Mitte gerissen» schreiben und muss nicht auf das «ist vor seiner Zeit von uns gegangen» zurückgreifen, wie es die Angehörigen bei Suiziden oft tun, weil sie bei dieser Formulierung das Gefühl haben, dass sie zwar faktisch ok ist, aber trotzdem noch genug Interpretationsspielraum in Richtung Fremdverschulden offenlässt. Was sie natürlich überhaupt nicht tut, da alle Angehörigen *der* Menschen, die *nicht* an Suizid gestorben sind, genau diese Formulierung vermeiden – weil sie eben auch die Option Suizid offenlässt. Wobei das aus meiner Sicht gar nicht das Problem dieser Formulierung ist. Das liegt nämlich beim «Vor seiner

Zeit». Ich meine, wie viel mehr kann es denn noch *deine Zeit* sein, als wenn du aktiv selber sagst: Hey, *jetzt* ist meine Zeit. Wie unglaublich übergriffig ist diese Haltung denn der toten Person gegenüber? Da fällt diese die größte Entscheidung ihres Lebens, nämlich dass sie es beendet, und die Menschen, die zurückbleiben, sagen: Falsch entschieden, zu früh, deine Zeit wäre nämlich noch gekommen.

Auch Dad ist natürlich «vor seiner Zeit» gestorben. Sagte der Pfarrer, sagte das Volk, sagten die Trauerkarten. Ich meine, what the actual fuck? Denn auch seine Zeit ist offensichtlich nicht noch gekommen, sondern vorbei. Wer glaubt ihr denn, wer ihr seid, um über die Ideallänge eines anderen Lebens urteilen zu können? Zu früh, gerade richtig, zu spät. Wie die Jury in einer dieser bescheuerten Bewertungsshows. «Willkommen zu *Zeitpunkt des Todes*! Proudly presented by der einzigen Spezies, die besessen ist von der Zeit.»

Wie lange. Wie alt. Wie lange noch. Und ganz wichtig: wie lange ich selbst noch und wie lange die Liebsten um mich herum. Was einerseits ja verständlich ist, auf der anderen Seite, wenn man es mal mit etwas Abstand betrachtet, aber halt auch absolut irrelevant. Weil gehen wir mal davon aus, dass ein Mensch so maximal einhundert Jahre lebt. Dann kann man über eine Person, die mit Vierzig plötzlich tot ist, sagen: Hätte noch sechzig Jahre leben können. Und ja, das stimmt natürlich, und ja, das ist auch doof und traurig für all die Menschen, die diese Person gemocht haben und jetzt die nächsten sechzig Jahre damit umgehen müssen, dass sie rein theoretisch noch hier sein könnte. Spätestens hundert Jahre später dann ist es aber auch wieder komplett egal, ob diese Person irgendwann mal vierzig oder hundert Jahre gelebt hat. Weil in jedem dieser Fälle sind wir alle dann eh dasselbe: nämlich weg.

ELENA

Zeitungen und Magazine sind meine Freunde, dachte Elena, als ihr Gedankengang davon unterbrochen wurde, dass sie ihren Kaffee hingestellt bekam. Den Kaffee, den sie hier immer trank und deshalb gar nicht mehr erst bestellen musste. Gebracht von der Person, welche Elena damals, als dieses Café gerade erst eröffnet hatte, als weiblich gelesen hatte, mittlerweile aber eher als nonbinär oder genderfluid einschätzen würde – eine Zuordnung, mit der sich auch Elena selbst deutlich besser identifizieren konnte als mit der zum Label «Frau». Nur hatte sich Elena, im Gegensatz zu dieser Person, dafür entschieden, dies nach außen hin nicht sichtbar machen zu wollen. Einerseits weil ein Fragen aufwerfendes Äußeres ihr Projekt zusätzlich verkomplizieren konnte. Andererseits aber auch weil Elena sich längst damit abgefunden hatte, dass sie von anderen sowieso in sämtlichen Bereichen ihres Lebens falsch gelesen wurde.

Heute aber hätte Elena dieser Person hier sehr gerne gezeigt, dass sie sich ihr verbunden fühlte. Genauso wie sie auch gerne endlich nach ihrem Namen gefragt und ihr verraten hätte, dass sie sich jedes Mal schon vor dem Betreten des Lokals auf das warme und liebevolle «Hallo» freute, mit dem sie jeweils den Kaffee serviert bekam. Hallo. Fünf Buchstaben und zwei Silben nur, die aber in der Art, wie dieser Mensch sie aussprach, so viel Güte enthielten, dass Elena es jeden Morgen einen Moment lang einfach nur schätzen konnte, hier und jetzt gerade am Leben zu sein.

So auch jetzt wieder, «Hallo». Und wie immer schenkte Elena der Person ein warmes und liebevolles «Hallo» zurück, worauf sie sich dann so lange weiter anblickten, dass es eigentlich etwas zu lange war, sich für beide aber genau richtig anfühlte.

Dann ging die Person wieder hinter die Bar und Elena zurück zu ihren Gedanken.

Zeitungen und Magazine sind meine Freunde, dachte Elena, denn sie ersetzen sich regelmäßig selbst. Elenas Blick ruhte jetzt wieder auf der aufgeschlagenen Zeitung vor ihr. Ihr Fokus aber war auf unendlich gestellt, sodass der Artikel, der zirka zwei Drittel der vor ihr liegenden Seite einnahm und seinerseits von einem großen hochformatigen Bild dominiert wurde, vollständig in der Unschärfe lag.

Die Sonne kam und ging im Sekundentakt und spielte so mit dem abgedruckten Bild. Wann immer das harte direkte Sonnenlicht darauf fiel, gewann der irritierte Blick der darauf abgebildeten Frau an Gewicht. Das kühlere weichere künstliche Hell der Innenbeleuchtung dagegen, das immer dann übernahm, wenn sich wieder eine Wolke vor die Sonne schob, hob eher die Katze auf dem Arm der Frau hervor. Inhaltlich gesehen machte beides davon Sinn, denn die Geschichte zum Bild, die Elena längst gelesen hatte, handelte von Mensch und Tier. «Das Rätsel der verschwundenen Katzen» stand in großen Buchstaben über dem Text.

Elena nahm einen Schluck ihres Kaffees und strich immer wieder mit dem Zeigefinger über den Titel. Es wirkte, als wolle sie das Rätsel durch Ertasten lösen.

Der Artikel begann mit der Frau auf dem Bild, genauer deren Besuch bei einer Veterinärin. Im Wartezimmer war diese mit einem anderen Katzenhalter ins Gespräch gekommen, man habe sich gegenseitig von der eigenen Katze erzählt, lustig sei es gewesen. Bis der Mann von einer seltsame Geschichte seiner *Mausi* zu erzählen begann, welche die Frau exakt an ein Erlebnis mit ihrer *Simba* erinnert hatte. Beiden war ihre Katze im Laufe der letzten paar Monate erstmals entlaufen und in beiden Fällen waren die Katzen viele Wochen später von allein wieder zurückgekehrt. Und sie beide hatten danach zwei Veränderungen an ihren Tieren festzustellen geglaubt, die sie für so seltsam empfanden, dass sie an ihrer eigenen Wahrnehmung zu zweifeln begonnen hatten.

Nun aber waren sie plötzlich zu zweit mit ihrer Beobachtung. Davon ermutigt, begannen beide, nach weiteren Katzenhalter*innen zu suchen, denen ähnliches widerfahren war. Zwei Tage später waren sie bereits vier Leute, die von identischen Erlebnissen erzählten, nochmals fünf Tage später waren sie zu neunt. Alle hatten sie Katzen, die ihre Wohnung selbstständig verlassen und sich deshalb frei im Quartier bewegen konnten. Bei allen waren die Tiere irgendwann einfach nicht mehr zurückgekehrt. Bei allen blieben sämtliche Suchaktionen und Aushänge ergebnislos. Und bei allen tauchten die Tiere dann genauso überraschend wie sie verschwunden waren auch wieder auf. Ganz von allein kamen sie zurück, so als seien sie gar nie weg gewesen. Allen ging es gut, alle schienen sie dieselben wie zuvor – und doch war etwas anders: Erstens schienen die Katzen ein leicht kürzeres Fell zu haben, als ihre Menschen in Erinnerung hatten. Und zweitens wirkten die Tiere nach ihrer Rückkehr etwas ungeschickter. Die Frau auf dem Bild etwa beschrieb, wie Simba plötzlich Mühe damit hatte, sich in den ihr vertrauten Räumen zu orientieren. Und dass sie bei größeren Sprüngen nun öfter das Ziel verfehlte. Ein Phänomen, das sowohl bei Simba als auch allen anderen betroffenen Katzen schon wenige Wochen nach ihrer Rückkehr wieder verschwand.

In der Hoffnung, aus diesen Beobachtungen einen Schluss ziehen zu können, hatte die Journalistin des Artikels sogar eine Veterinärin aus der Region als Expertin befragt. Zur Aufklärung der Sache mit dem kürzeren Fell konnte die aber herzlich wenig beitragen, da sie weder eine natürliche noch eine medizinische Erklärung dafür sah. Für die Verhaltensänderung der Katzen hingegen sah sie drei mögliche Ansatzpunkte. Erstens: Es sei möglich, dass die Hirnbereiche, welche für den Gleichgewichts- und den Koordinationssinn zuständig zeichnen, von einer viralen Infektion beeinträchtigt worden seien. Gegen diese Theorie spreche jedoch die schnelle Genesung aller Tiere ohne jegliche Behandlung. Zweitens: Man habe schon ähnliches Verhalten an Katzen beobachten können, die ein massives Trauma erlebt hätten. Da in diesem konkreten Fall aber so viele Tiere gleichzeitig betroffen gewesen seien, schätze sie auch diese Erklärung für sehr unwahrscheinlich ein. Also blieb in der Logik der Expertin nur ihr

Drittens: Wenn man Katzen die Schnurrhaare stutze, führe das ziemlich genau zu den geschilderten Schwierigkeiten. Zumindest bis die Tasthaare wieder vollständig nachgewachsen seien.

Dankbar dafür, irgendeine Erklärung erhalten zu haben, schloss die Autorin den Artikel mit dem Fazit, dass generell irgendetwas mit den Haaren dieser Katzen geschehen sein musste.

Nur die Oberfläche, dachte Elena, als sie mit dem Finger über die von der Sonne aufgeheizten schwarzen Buchstaben fuhr. Die Oberfläche reicht. Nur die muss neu sein.

Ihr Gesicht verriet keinerlei Anspannung, denn egal wie zeitlich unpassend für sie dieser Artikel auch erschienen war, wirkliche Sorgen musste Elena sich deswegen nicht machen. Die einzige Spur, welche die Journalistin zu dem ehemaligen Tierheim weit außerhalb der Stadt hätte führen können, wäre Elenas ehemalige Mitarbeiterin gewesen, eine ursprünglich zur Tierpflegerin ausgebildete und nach ihrem Studium zur Künstlerin konvertierte Frau, die dort mehr als ein Jahr lang all die Katzen rasiert und dann liebevoll so lange betreut hatte, bis ihr Fell praktisch vollständig wieder nachgewachsen war. Da sich diese aus Elenas Sicht äußerst zuverlässige Person nun aber bereits seit Wochen wortwörtlich am anderen Ende der Welt befand, in diesem schmucken kleinen Haus mit eigenem Atelier, das sie sich fürs Unterzeichnen des Stillhalteabkommens gewünscht hatte, war auch diese Spur zu Elena gekappt.

Auch sonst glaubte Elena, nichts Entscheidendes übersehen zu haben. Den Kaufvertrag des Tierheimgeländes hatte sie damals unter falschem Namen abgeschlossen und die stark betagte Grundstücksbesitzerin gleich in bar bezahlt. Und auch der alte Schuhmacher, der all diejenigen Halsbänder, die es nicht mehr neu zu kaufen gab, liebevoll kopiert und sämtliche Anhängsel wie Namensschildchen neu gestanzt oder gefräst hatte, war keine Gefahr. Denn erstens hatte der keinen Schimmer, für wen oder was er diese Arbeit überhaupt erledigt hatte, und zweitens hatte sein Gehör altershalber bereits derart nachgelassen, dass jede Kontaktaufnahme mit ihm eine so große Herausforderung darstellte, dass keine Journalistin der Welt sich das angetan hätte.

Auch im alten Tierheim selbst erinnerte natürlich nichts mehr an die rasierten Katzen. Schließlich hausten da jetzt all die Tauben, die Elena nach dem Austausch mit den neu gezüchteten Artgenossen irgendwo hatte unterbringen müssen.

ER

Jetzt hat die Sonne mindestens schon zwei Minuten lang den Sitz neben mir wärmen können, ohne dabei von einer Wolke unterbrochen zu werden, und ich glaube, das ist ein neuer Rekord, seit ich in diesem Bus sitze, sicher aber seit er hier an der Endstation steht. Ich frage mich, wie sehr sich der Sitzbezug in dieser Zeit aufgewärmt haben könnte und vermute: sehr. Schließlich ist er ziemlich dunkel und unfassbar hässlich, wobei das Zweite wohl nicht so viel Einfluss auf die Hitzeentwicklung hat, wie ich es gerne hätte, weil sonst wäre er längst in Flammen aufgegangen. Ich starre mit gleichen Teilen an Abscheu und Faszination auf das Muster, für das jemand mit viel Hingabe die hässlichsten Farben auf dem Farbfächer ausgesucht, in eine Schrotflinte geladen und die gesamte bunte Scheiße dann auf das unattraktivste Blau, das je das Licht der Welt erblickt hat, gefeuert haben muss. Wobei ich nicht sicher bin, ob es sich dabei um ein *nur* random hässliches Blau handelt oder eventuell sogar um eine extra für diesen Zweck total aufwendig entwickelte Spezialfarbe. So ein RAL-5049-Kotzblau vielleicht oder ein Pantone-5309C-Augenkrebs-Deluxe. Sprich, so etwas ganz Spezielles halt, wie dieses Megasuperhyper-Schwarz, dieses schwärzeste Schwarz der Welt, das Wissenschaftler*innen vor einigen Jahren erst erfunden haben und das, wenn ich mich richtig erinnere, aus irgendwelchen aneinandergereihten Nanoröhrchen besteht und Licht etwa ähnlich effektiv schluckt wie ein schwarzes Loch. Also so ein Ding da draußen im All, das noch nie jemand gesehen hat und auch nie jemand sehen wird, aber von dem man weiß, dass es rein rechnerisch existieren muss. Ich meine, wie irre ist das denn, dass wir von Dingen wissen, dass sie existieren *müssen*, nur weil irgendeine Rechnung sie beweist? Jedenfalls gehört dieses SuperduperNanoScheißDieWandAn-Schwarz ja jetzt so einem abartig reichen Künstler. Weil er es gekauft hat. Also nicht einen Kessel davon, sondern die Farbe als Ganzes. Wobei Schwarz streng genommen ja gar keine Farbe ist, ach wasweißich, jedenfalls hat er irgendwie die exklusiven Rechte an dem Schwarz gekauft, sodass nun jede andere Person oder Firma oder Hauskatze, die dieses Extremstschwarz verwenden möchte, das nicht tun kann. Außer der Künstler erlaubt es. Haha, wie irre. Aber halt schon auch lustig, der ganze Move. Ich meine, was hat der wohl damals gedacht? «Holy, das ist ja mega dunkel, du, das kauf ich mir jetzt gleich, damit es niemand anders haben kann»? Was für eine Idee. Gut, vielleicht braucht er es ja auch nur, um all seine Kunstwerke zu markieren, sodass die dann einmalig sind. «Guck, da hats eine megamegamega schwarze kleine Ecke, ha, das ist ein Original, weil das niemand kopieren kann!» Ich hoffe jetzt nur, der wohnt nicht in Elenas Nähe. Wobei ich ja glaube, dass dieser Künstler dieses Nanozeugs gar nicht selbst herstellen kann. Außer er hat diese Wissenschaftler*innen gleich mitgekauft, damit sie bei ihm dann ein Labor einrichten, um diese Nanoröhrchen zu züchten oder wie immer man auch dieses Zeugs herstellt. Sodass er die Masse dann nur noch überall hinpinseln oder draufdrucken muss. Hat er sich sicher auch Visitenkärtchen mit machen lassen, so mit seinem Namen in dem Schwarz und einem Satz wie «I own the Dunkelheit» auf der Rückseite. Na ja, vielleicht nicht genau mit diesem Satz, weil dieser Künstler wohl erstens kein Deutsch spricht und zweitens gemischtsprachige Sätze für Claims generell eher suboptimal sind, sogar für den neuen Herrscher der Finsternis.

Und als wäre das ihr Stichwort gewesen, schiebt sich jetzt eine Wolke vor die Sonne, was bedeutet, dass ich mich nun beeilen muss, falls ich wirklich noch fühlen will, wie warm der Sitz neben mir geworden ist. Mein Zeigefinger spricht sich dafür aus, mein Kopf vehement dagegen. Denn zweiterer bastelt sich gerade wunderbare 3D-Modelle von all den Hintern, die heute schon auf diesem Sitz gesessen haben müssen und allesamt eingepackt waren in Hosen, die ihrerseits sicher schon Direktkontakt mit von Taubendreck überzogenen Sitzbänken, oder nein, noch besser, mit Plastikstühlen in einer Praxis für Infektionskrankheiten hatten. Und noch während dieser Gedanke meinen Körper leicht schaudern lässt, meldet sich die Sonne wieder zurück, worauf ich sogar sehe, dass der Sitz heiß sein muss, denn die Luft über dem hässlichen Textil flimmert jetzt so, wie man es sonst nur von Fata Morganas kennt. Also eigentlich von Filmen, in denen Fata Morganas vorkommen, weil wer hat schon selbst je eine Fata Morgana gesehen? Wahrscheinlich niemand und es wurde einfach nur errechnet, dass es sie geben muss. Aber egal, Fakt ist, das Textil ist wohl wirklich unangenehm heiß jetzt und das ist gar nicht mal so clever, obwohl es doch immer heißt, dass diese Sitzbezugmuster für die Öffentlichen Verkehrsmittel so total clever und aufwendig entwickelt werden auf der Grundlage von psychologischen Studien, damit all die Kids mit Hormon- und Alkoholüberschuss möglichst ihre Finger, Messer und Filzstifte davon lassen. Aber vielleicht ist das ja auch nur eine Urban Legend und die Verkehrsbetriebe wollen einfach nur davon ablenken, wie unfassbar schlecht ihre Designer*innen sind.

Falls dem aber nicht so ist und das Muster wirklich speziell so entwickelt worden ist, ich meine wow, was für ein Job! Du musst etwas so unattraktiv wie möglich machen und zwar für alle. Es muss so hässlich sein, dass es nichts Schönes zum Zerstören gibt, aber eben auch nur gerade *so* hässlich, dass es keine Aggression auslöst, wegen der man es zerstören möchte. Deine Aufgabe ist also, diesen sweet spot im Kontinuum der Hässlichkeit zu finden, der alles einfach egal macht.

Ich schaffe es, meinen Blick wieder vom Sitzpolster zu lösen, worauf er zum Busfahrer wandert, der immer noch draußen Pause macht und nun bereits seinen dritten Zigarettenstummel am Metallzaun ausdrückt. Er verstreicht den Rußabdruck noch etwas mit dem Stummel und schnippt diesen dann in aller Ruhe in den Gully. Und das, obwohl er weiß, dass ich im Bus sitze und ihn dabei beobachten kann. Er tut es mit dieser gedankenlosen Selbstgefälligkeit, wie viele Raucher*innen sie haben, sodass sie sich einfach absolut selbstverständlich irgendwo hinstellen, da schnell mal die Luft für andere ungenießbar machen und dann eben auch noch ihren Filter auf den Boden oder in die Kanalisation werfen. Den Teil ihrer Zigarette also, der nun mehr Giftstoffe enthält als ihre eigene Lunge und der ein Kleinkind schnell auf die Intensivstation oder gleich auf den Friedhof bringen kann.

Und während ich mich aufrege, merke ich erst, dass der Fahrer da draußen mich direkt anschaut, mit einem scheiß Lächeln auf dem Gesicht sogar noch. Ich versuche sofort, seinem Blick auszuweichen, und sehe dann aus dem Augenwinkel trotzdem, wie er auf den Bus zuzugehen beginnt.

He halt, nein, wir stehen hier noch fünf Minuten, nicht schon jetzt wieder reinsetzen, nein, es ist doch gutes Wetter draußen, was soll denn das, ich will hier allein sein, und schon tritt er durch die Fahrertür und zum Glück sitze ich wenigstens einigermaßen weit hinten, aber eben auch nicht ganz zuhinterst, weil ich mich ja daran orientieren muss, wo ich damals mit Elena gesessen bin, und jetzt sehe ich, wie er an seiner Fahrerkabine vorbeigeht und langsam durch die Reihen nach hinten kommt, neinneinnein, bitte nicht, was ist denn jetzt schon wieder, Hilfe, nicht!

Ob er mich was fragen dürfe, fragt er dann und alles in mir schreit «Nein!», während ich etwas zu laut und hastig «Janatürlich» sage. Er will wissen, warum ich so oft ohne auszusteigen bis zur Endstation und zurück fahre.

Und natürlich fällt mir jetzt auf die Schnelle keine gute Lüge ein, denn ich muss mich ja gleichzeitig auch noch darüber ärgern, dass ich Idiot auf diese offensichtlichste aller Fragen nicht vorbereitet bin, und darum rutscht mir jetzt in meiner Not einfach die ehrliche Antwort raus.

Weil ich jemanden vermisse.

Sein Gesicht wird sofort weich.

Ja, das verstehe ich, sagt er sanft und jetzt lese ich sein Lächeln plötzlich als aufrichtig.

Kurz herrscht bedächtige Stille zwischen uns, dann legt er mir seine Hand auf die Schulter, wünscht mir noch eine gute Fahrt und geht wieder nach vorne, wo er sich in seine Kabine setzt.

Mein Herz schlägt wie irre und generell reagiert mein Körper nun so, als sei ich gerade bei etwas Schlimmem erwischt worden. Ich fühle die Flut an Selbstvorwürfen langsam ansteigen und versuche, mich davon abzulenken, indem ich meine Hand auf das verseuchte heiße Polster lege und mich auf dessen Wärme fokussiere. Weil das nur mäßig funktioniert, beginne ich, mich nun auch noch auf meinen Atem zu konzentrieren und mir dazu selbst die Umgebung zu beschreiben.

Am Rand des Wendeplatzes steht ein Kiosk.

Einatmen.
Vor dem Kiosk stehen Postkartenständer.
Aus.
Darin sind Postkarten, vermutlich touristische Postkarten, warum auch immer, hier draußen, am Rand der Stadt.
Ein.
Der Kioskmann geht aufs Klo nebenan.
Aus.
Neben dem Kiosk hängt der Aushang der Tageszeitung.
Ein.
Auf dem Aushang steht: «Katzen-Mysterium – Jetzt sind es schon 53 Fälle!» und in kleinerer Schrift: «Täglich melden sich mehr!»
Darüber muss ich jetzt sogar ein wenig lachen.
Was für eine Welt.

ELENA

Der Lärm. Dieser stete Lärm der Kampfhandlungen. Er hatte mit dem ersten Tag der Invasion begonnen und war seither nie mehr verstummt. Wie ein Teppich hatte er sich unter ihr Leben gelegt, immer präsent und darum nach einer gewissen Zeit vom Hirn als neue Normalität akzeptiert – sodass es ihn zwischendurch immer wieder ausblenden konnte.

Jetzt gerade fiel er Elena aber wieder auf. Er müsste eigentlich lauter geworden sein, dachte sie, da die Zerstörungsmaschinerie näher an die inneren Stadtquartiere vorgestoßen war. Aber der

Lärm hörte sich nicht lauter an, als Elena ihn in Erinnerung hatte. Ein Trick ihres Hirnes wohl, um mit der gleichmäßig wachsenden Gefahr umgehen zu können, dachte Elena. Ein neurologischer Selbstbetrug, damit wir unsere Ängste einigermaßen unter Kontrolle halten können, wenn es auf unser eigenes Ende zugeht. Ganz so, wie es auch bei den anderen «einfacheren» Spezies, auf die wir so gerne herablächeln, funktioniert; beim Frosch etwa, der, in einen Topf mit kaltem Wasser gesetzt, nicht bemerkt, wenn das Wasser um ihn herum langsam erhitzt – und darum dann ahnungslos, aber eben auch entspannt zu Tode kocht.

Ja, dachte Elena, vielleicht war das die größte Errungenschaft der Evolution. Ein Hirn, das uns stark genug austrickst, damit wir ertragen können, dass wir unaufhaltsam aufs eigene Ende zusteuern.

Danke Hirn, sagte Elena jetzt laut und musste ein wenig lachen.

Danke Hirn, dass du es erträglich machst.

Danke Hirn, ich liebe dich.

NEUN

ER

Das Küchenbalkontürfenster steht weit offen und wir sitzen am Abgrund. Elenas Idee. Das mit dem Öffnen der Tür und dass wir überhaupt hier sind, um zu reden.

Ich investiere etwa neunzig Prozent meiner Hirnleistung in das Vorhaben, meine Angst vor einem Sturz in den Tod zu verbergen, was mir natürlich trotzdem nicht gelingt. Elena scheint das zum Glück null zu interessieren. Sie redet. Ihre Augen blicken ins Unendliche und ich frage mich, ob ihr Denken diese Fähigkeit eventuell auch besitzen könnte. Dann überlege ich, ob «ins Unendliche denken» überhaupt etwas bedeutet, was ich aber nicht weiter verfolgen kann, weil ich gleichzeitig auch noch eine Lösung suche, wie genau ich ein Seil befestigen müsste, um hier wenigstens behelfsmäßig eine Art Geländer zu haben. Und natürlich führt das zu einer Gedankenketteneskalation, die damit endet, dass ich mich verzweifelt am Seil hängen sehe, was mir Hitze in den Körper und Schweißperlen auf die Stirn treibt.

Elena spricht noch immer und das ist seltsam, denn normalerweise, wenn Elena spricht, gibt es für mich nur Elena, die spricht, und nichts anderes. Dreißig Zentimeter vom Tod entfernt zu sitzen, scheint mich zu einem schlechten Zuhörer zu machen. Sollte ich vielleicht mal mit der Wacker anschauen, ob das in die

Kategorie «gute» oder «schlechte» Angst gehört. Also diejenige, die einen tatsächlich vor einer Gefahr schützt, oder die, die einen nur am Leben hindert. Bin gespannt, bei wie vielen Zentimetern vor dem Abgrund sie da die Grenze zieht.

Und dann werde ich herausgerissen aus meiner Abwesenheit, denn mein Hirn verarbeitet gerade eine Frage, die mein Ohr zwar längst gehört und weitergeleitet, mein Kopf aber jetzt erst mit einer Alarmwarnung versehen hat. Und die lässt meine Angst vor einem Sturz in den Tod nun wie ein Kindergeburtstag aussehen.

Reicht dir das hier? Fragt Elenas Stimme. Das, was wir haben?

Mein Herz ist jetzt im freien Fall.

Reicht dir das? Ist es das, was du dir wünschst von einer Beziehung oder wie immer du das hier nennen würdest?

Ich habe keine Antwort und versuche es stattdessen mit Atmen.

Sich immer mal wieder treffen? Toller Sex, großartige Gespräche und dann geht jeder wieder seinen Weg bis zum nächsten Mal?

Ich atme flach und habe das Gefühl, dass das jetzt alles in eine sehr ungute Richtung geht, und dann sage ich Nein und merke, dass ich weine, leise zwar, aber die Tränen laufen unaufhaltsam über mein Gesicht, runter zum Hals, wo sie vom Shirt aufgesogen werden.

Elena hat sich mir jetzt zugewandt. Sie schaut mich an und ich mich irgendwie auch, denn ich fühle mich gerade außer mir und sehe mich von da am Abgrund sitzen.

Das freut mich, sagt Elena.

Ich will mehr, sage ich hastig und noch während ich das sage, frage ich mich, ob ich das wirklich will oder ob ich das eventuell nur deshalb sage, weil ich glaube, dass Elena das wollen könnte, und falls dem so wäre, ob das eventuell ja auch ganz in Ordnung wäre, denn offensichtlich will ich Elena auf keinen Fall verlieren und das heißt doch auch, dass wenn sie mehr möchte, ich dann wohl auch mehr will, aber vielleicht heißt es das auch nicht.

Ich will auch mehr, sagt Elena.

Jetzt bin ich sicher, dass ich mehr will.

Ich bin erleichtert, aber Elena lächelt nicht. Ihr Blick ruht auf meinen Händen und ihre Augenlider zittern. Ich kenne Elenas Gesicht so nicht, ich kann es so nicht lesen und das macht mir Angst. Und damit diese Angst nicht zur Panik wird, versuche ich, mir zu beschreiben, was ich sehe.

Ich sehe Elenas Gesicht.

Es ist unfassbar schön.

Es ist unfassbar traurig.

Ich will auch mehr, wiederholt Elena und jetzt weiß ich, dass ein «Aber» folgen wird.

Aber, sagt sie, ich *kann* nicht mehr.

Weil es in ihrem Leben etwas gebe, das wichtiger sei als ihre Bedürfnisse. Und weil ihren Gefühlen nachzugeben diese wichtigere Sache gefährden würde.

Der Abgrund kommt näher und ich versuche, Elenas Sätze möglichst schnell zu verarbeiten, um etwas sagen zu können, was ihre Argumentation ins Wanken bringen könnte. Das Adrenalin in meinem Körper macht es tatsächlich möglich.

Aber dieses Wichtigere, ist das am Ende nicht auch einfach ein Gefühl?

Elena schaut mich mit derart traurigen Augen an, dass die Vorstellung vom Aufprall meines Körpers auf dem Steinboden des Innenhofes seinen Schrecken verliert.

Kann es nicht sein, versuche ich es weiter, dass dieses Wichtigere etwas Ähnliches ist wie deine Gefühle für mich?

Elena denkt darüber nach und ich gehe all in.

Und könnte es nicht auch sein, dass die Wichtigkeit dieser zwei Gefühle sich langsam vielleicht sogar etwas zu verschieben beginnt?

Ich weiß es nicht, sagt Elena. Aber auch falls es das täte, ändere es nichts daran, dass sie das Andere nicht aufgeben will.

Oder nicht mehr kannst, denke ich.

Kannst du das verstehen, fragt Elena.

Ja, antworte ich.

Und ja. Ich verstehe es tatsächlich. Oder ich weiß zumindest, was sie meint. Denn ich glaube, dass ein «Wir» und «das Andere» durchaus miteinander existieren könnten. Was Elena offenbar anders sieht. Also schlage ich wild um mich.

Was aber, wenn du falsch liegst? Was, wenn das Wichtigere nicht das ist, wofür du es hältst? Oder was, wenn es sogar davon profitieren würde, wenn du dich voll auf uns einlassen würdest? Was, wenn beides möglich ist und das zur ultimativen Erfüllung führen könnte?

Und jetzt erst merke ich, worum ich wirklich kämpfe. Ich kämpfe um Elena. Ich kämpfe um *mehr* Elena. Ich kämpfe um eine Beziehung, die gerade noch perfekt war, wie sie war, nun aber ihrer Perspektive beraubt werden könnte. Und das will und kann ich nicht zulassen, nicht jetzt, wo ich zum ersten Mal klar sehe, wo ich zum ersten Mal auf einem Weg bin, zum ersten Mal auf meinem Weg. Mit meinen Gedanken, mit Elena.

Dabei geht es hier ja gar nicht ums Ganze. Ich könnte ja einfach weiterhin Spaß haben mit ihr, weiterhin all die Gespräche führen, die mich so sehr weiterbringen und mich klarer sehen lassen, ich könnte weiter diesen unfassbar guten Sex genießen und ich könnte mich sogar endlich aufs Schaffen eigener Kunst konzentrieren. Kurz: Ich könnte alles haben, was ich jetzt gerade habe, außer der Aussicht auf mehr.

Scheiße, es war doch alles so gut bisher. Und dann kommt Elena und sagt, dass sie nichts daran ändern will, und irgendwie ändert das alles.

ELENA

Ein Einschlag im Quartier. Wirklich nahe, in ein vierstöckiges Haus. Die Chance, dass darin jemand wohnte, dem Elena schon einmal begegnet war, war groß. Wahrscheinlich hatten sie sich schon mal beim Einkaufen gesehen, im Café, beim Friseur. Elena und diese Person hatten einander damals vermutlich nicht wirklich wahrgenommen, möglicherweise waren sie gerade beide in irgendetwas vertieft gewesen, in Alltagsdinge wohl. Vielleicht hatte sich die Person damals ja gerade zu erinnern versucht, in welche ihrer Taschen ihr Hausschlüssel sein könnte – sodass sie sich hektisch den eigenen Körper abgeklopft hatte, auf der Suche nach einer fühlbaren Ausbuchtung in Jacke oder Hose oder zumindest in der Hoffnung auf ein metallisches Geräusch. Und Elena war vielleicht gerade damit beschäftigt gewesen, einen Stein aus ihrem Schuh zu schütteln, einen Stein, der da eigentlich gar nicht hineingeraten sein konnte, da Elena sich die vergangenen vier Stunden nur innerhalb von Gebäuden aufgehalten hatte. Ja, so könnte es gewesen sein, als sie sich das letzte Mal zufällig begegnet waren, so oder ähnlich, denn es hätte natürlich auch eines von den unzähligen anderen Dingen gewesen sein können, mit denen wir uns täglich herumschlagen müssen und an die wir Zeit verlieren. Wie viel Prozent ihres Lebens, fragte sich Elena, hatte diese eine Person wohl mit Vorgängen verbracht, die keinerlei Wert besaßen für ihr Dasein? Zu viele waren es sicher.

Und jetzt also lag der von der Wucht der Explosion deformierte Körper dieses Menschen leblos in einer brennenden Ruine, während Elena nur wenige Meter davon entfernt rittlings auf einem Stuhl im Zentrum ihres Wohnzimmers saß und durch nichts anderes als schieres Glück noch am Leben war. Und darüber nachdenken konnte, dass es reine Willkür war, dass dieses eine Leben ausgelöscht worden war und ihres nicht.

Aber, dachte Elena, war der Tod nicht sowieso der Inbegriff der Willkür?

ER

Schon erstaunlich, wie Mutter selbst dann penetrant auf Textnachrichten verzichtet, wenn sie mich unbedingt erreichen will. Denke ich, während ich aufs Display schaue, das ihren nächsten Anruf ankündigt. Wobei, unbedingt erreichen muss sie mich ja immer, Dringlichkeit hat in ihrem Empfinden keine Abstufungen. Alles ist immer gleich dringlich und zwar sehr. Und trotzdem habe ich noch nie eine Textnachricht von ihr erhalten, nicht mal eine mit der Bitte um einen sofortigen Rückruf. Was durchaus seltsam ist, denn normalerweise ist ihr ja alles willkommen, was Kontakt zu mir herstellt.

Wer sonst wohl musste schon seine Voicemail-Funktion deaktivieren, weil die eigene Mutter nicht begreifen will, dass fünf Sprachmitteilungen pro Tag nicht okay sind.

Jedenfalls, Voicemail-Terror easy, aber Text, nope. Vielleicht macht sie es nicht, weil Textnachrichten schreiben unter ihrem Niveau liegt oder, und das ist die wahrscheinlichere Erklärung, weil sie weiß, dass der Druck, sie zurückzurufen, steigt, wenn ich nicht einfach auf eine Nachricht antworten kann. Und damit auch keinen Anhaltspunkt habe, warum sie so oft angerufen haben könnte. Habe ich natürlich sehr wohl, auch mein Gehirn setzt ja auf das Konzept Erfahrung. Und diese Erfahrung sagt: Bei einem Anruf von Mutter geht es zu neunundneunzig Prozent um Mutter, zu zweiundneunzig Prozent um irgendein Unrecht, das sie gerade erdulden muss, und zu siebenundachtzig Prozent darum, dass ihr einziges Kind viel zu wenig Zeit mit ihr verbringt. Und ja, diese Prozentzahlen sind korrekt, denn in der überwiegenden Mehrheit der Fälle geht es um all diese Dinge gleichzeitig.

Und doch bleibt natürlich bei jedem Anruf die verschwindend kleine Möglichkeit, dass es mal wirklich grad um Leben und Tod oder zumindest eine Geiselnahme geht. Sodass ich dann mein ganzes restliches Leben lang bereuen könnte, diesen einen Anruf nicht entgegengenommen zu haben. Glaube ich zwar nicht mal, dass ich das bereuen würde. Aber hört man ja immer wieder, dass man über so was nie mehr hinwegkommt, und weil man das ja tatsächlich nie sicher wissen kann, funktioniert Mutters Taktik halt trotzdem. Deshalb und weil sie natürlich genau weiß, wie sie meine Schuldgefühle hegen und pflegen und am Leben erhalten muss. Denn regelmäßiger Kontakt ist ja wohl das Allermindeste, was sie von mir, ihrem eigenen Sohn, den sie doch so abgöttisch liebt und dem sie alles immer ermöglicht hat, erwarten darf. Nach all der Aufopferung, die sie für mich auf sich genommen hat.

Diese Du-bist-mir-das-schuldig-Haltung schwingt in jeder Unterhaltung mit, alles zwischen uns ist imprägniert von ihr. Ich höre sie im Klang ihrer Stimme, ihren immer leicht enttäuschten Reaktionen auf meine Antworten, ja, ich erkenne sie sogar in der Art, wie Mutter Geschichten über andere erzählt. Sie streut sie überall mit ein, unauffällig dosiert natürlich wie alles, was sie aus ihrer Sicht «ja gar nicht tut». Sodass man, wenn man Mutter nicht sehr gut kennt, wirklich davon ausgehen muss, dass diese nette Frau alles nur in bester Absicht tut. Und darum die Aufmerksamkeit und Zuneigung, die sie dafür einfordert, auch absolut verdient. Habe ich dreieinhalb Jahrzehnte lang ja auch geglaubt. Dass Mutter einfach nur ein offener, verständnisvoller Mensch ist, der für alle, die ihre Zuwendung schätzen können, immer da ist.

Und über diesen Gedanken muss ich jetzt laut lachen, denn Mutter ist in ihrem Leben halt schon an auffällig viele Menschen geraten, die sie nicht schätzen konnten. Oder wie sie es sagen würde: «Wir hatten einfach sehr viel Pech mit den Menschen um uns herum.» Hahaha ja. Mit denen in der Verwandtschaft, mit jenen, die sich in unserer Nachbarschaft niedergelassen haben, mit sämtlichen Arbeitskolleg*innen meines Vaters, ja, generell eigentlich mit allen, die irgendwann irgendwie in den Dunstkreis unserer Familie geraten sind. Meist war unser Pech schon von Anfang an sichtbar, manchmal aber auch erst, nachdem die Leute nach anfänglichem «Erschleichen unserer Gutmütigkeit» dann irgendwann «doch noch ihr wahres Gesicht» gezeigt haben. Pech, Pech, Pech, soweit das Auge reicht. Sodass mir heute keine Handvoll Menschen mehr einfällt, die «uns», also Mutter, noch freundlich verbunden sind. Ganz konkret sind es sogar null, denn die einzige Person, die in letzter Zeit in Mutters Erzählungen noch halbwegs positiv wegkam, hat sich nun auch noch «von uns abgewandt», wie Mutter es formuliert – so als ob es ein «uns» noch gäbe. Vermutlich wüsste ich sogar den konkreten Grund für diesen Rückzug, wenn ich Mutter am Telefon jeweils wirklich zuhören würde, aber wahrscheinlich ist es sowieso irgendwas mit Neid, denn mit Neid hatte es meistens zu tun, wenn jemand ein Problem mit uns hatte. Nicht dass mir je ganz klar gewesen wäre, auf was die alle neidisch gewesen sein sollen, aber ich vermute jetzt mal so was in die Richtung «generell auf unsere Familie».

Und so waren meine Kindheit und Jugend geprägt durch drei Kategorien von Menschen. Die Guten, die uns gerade mochten. Die Schlechten, die uns von Anfang an nicht gemocht hatten. Und dann noch die, die uns mal gemocht hatten, jetzt aber nicht mehr mochten, weil sie von einer Person, die uns nicht mochte, beeinflusst worden waren.

Selbstverständlich war die erste Kategorie die mit Abstand kleinste. Was ich als lebensunerfahrener Naivling als normal akzeptierte, weil das machte ja irgendwie auch Sinn, dass Menschen mit großen eigenen Problemen unsere Familie nicht richtig mögen konnten.

Unsere Familie, die, wie Mutter nicht müde wurde zu betonen, «es halt gut miteinander hat». Was ich selbstverständlich auch geglaubt habe, denn damals waren meine einzigen Vergleichsmöglichkeiten nicht etwa das Leben anderer Familien – sondern Mutters Schilderungen vom Leben anderer Familien. Und diese Geschichten waren alle derart problemfixiert, dass ich jeden Abend vor dem Einschlafen Gott dafür dankte, dass ich Teil genau dieser einen auserwählten Familie sein durfte. Und vor allem Sohn dieser perfekten, aufopferungsvollen Mutter, die für alles, was wirklich zählte – und natürlich definierte Mutter, was da dazu gehörte –, ganz alleine zuständig war. Weil Dad, wie Mutter mir unentwegt versichert hat, dafür schlicht «unbrauchbar» war. Sodass Mutter alles ganz alleine zu stemmen hatte, speziell die zwischenmenschlichen Sachen wie die ganze Erziehungsarbeit, aber auch die Kontakte mit anderen Eltern, Kindern oder Lehrpersonen, die Pflege aller Freundschaften oder was sie als solche bezeichnete, ja, schlichtweg alles, was mit dem Umgang mit Menschen zu tun hatte. Jede E-Mail, die je unser Haus verlassen hat, stammte von Mutter, jede Weihnachts-, Dankes- oder Trauerkarte sowieso, genauso wie der Entscheid, wer sie überhaupt bekam. Anfangs legte sie Dad die Karten wenigstens noch zum Unterzeichnen hin, dann begann sie auch, seine Unterschrift noch selbst unter die Texte zu setzen. Hätte ich nicht gewusst, dass Dad in seinem Job schreiben und richtige Gespräche führen muss, ich hätte ernsthaft daran gezweifelt, dass er diese Fähigkeiten überhaupt besaß.

Mein Hirn ist so mit diesem Narrativ konditioniert, dass ich mir Dad bis heute nicht dabei vorstellen kann. Jahrzehntelang trainiert von Mutters Mantra, welches sie mir, ihrem eigenen Mann und generell jeder Person, die bei drei nicht auf einem Baum war, unablässig vorgebetet hat. Dass sie nun halt mal die Einzige in diesem Haus sei, die diese Arbeit leisten könne, weil ihr Mann halt «ein bequemer» und in allem, was irgendwas «mit Gefühlen zu tun hat», hoffnungslos überfordert sei. Weshalb sie nicht nur die gesamte Last dieser Familie, sondern obendrauf auch noch die ganze Verantwortung für alles zu tragen habe, was sie schon vor meiner Geburt in einen Zustand der totalen Erschöpfung getrieben und sie seither nie wieder da rausgelassen habe, denn «irgendwer muss das ja machen, ich habe keine Wahl, weil er machts ja nicht, aber weißt du, ich bin halt immer noch verliebt in ihn, was soll ich machen, er kann ja auch ganz ein Lieber sein, wenn er nur will.»

Jajaja verliebt. Gut hast du das immer wieder gesagt, Mutter, denn aus deinem Verhalten gegenüber Dad darauf geschlossen hätte ich nicht.

Und als wäre Liebe ihr Stichwort, leuchtet das Display schon wieder auf. Ich werfe das Telefon auf mein Bett und leider fällt es mit dem Bildschirm nach oben hin. Es gibt genau eine Person, von der ich möchte, dass sie mich jetzt anrufen würde, und diese Person ruft mich prinzipiell nie an, aber auch sonst hat Elena sich seit dem letzten Gespräch nicht mehr gemeldet und das macht mir Sorgen, aber das muss es nicht, denn der Status quo ist ja auch okay und zudem hat es immer wieder diese Lücken gegeben, in denen sie sich nicht gemeldet hat, und das ist auch okay, denn ich will vieles, aber sicher nicht Elena bedrängen, nein, das will ich nicht. Was ich dafür will, ist bei ihr sein, wenn schon nicht körperlich dann wenigstens in meinem Kopf, aber dieses verdammte Telefon leuchtet einfach stumm weiter vor sich hin und zum Glück habe ich nie ein Bild zu Mutters Kontakt hinzugefügt und ihren Namen durch ihre reine Funktionsbezeichnung für mein Leben ersetzt, sodass jetzt wenigstens nur noch diese über den Bildschirm läuft, aber mittlerweile reicht halt auch das schon, um mich wütend zu machen.

Nein, Mutter, einfach nur nein. Ich habe jetzt eigene Probleme oder auch nicht, jedenfalls schüttest du mich jetzt nicht mit deinen zu. Ich muss diesen Anruf nicht entgegennehmen. Ich schulde dir nichts, ich schulde Vater nichts, ich schulde niemandem etwas, nun ja, der Wacker vielleicht endlich mal einen Rückruf, aber abgesehen davon, wirklich niemandem irgendwas. Null, niente, nix. Immer wolltet ihr nur etwas von mir, du und Dad, mein Leben lang schon, und nun will ich auch mal was und zwar, dass Schluss ist damit. Und ja, ich weiß, Mutter, ich habe viel von euch gekriegt, übermäßig viel sogar, aber halt immer nur das, wovon *ihr* geglaubt habt, dass ich es brauche. Damit ihr euch selbst vormachen konntet, was für gute Eltern ihr seid.

Wie damals, als ich nach zwei höchst erfolglosen Jahren Klavierunterricht einfach ein neues Instrument aussuchen durfte, eines, das mir vielleicht mehr behagt. Und ich dann auf Orgel umgestiegen bin und zwar nicht auf irgendeine Heimorgel, nein Mutter, du als stolzes Mitglied dieser Freikirche, von der wir aber niemandem erzählen durften, «weil die Leute das eben nicht verstehen und sonst meinen, es sei eine Sekte», was es natürlich auch war, du hast mich tatsächlich dazu gebracht, Unterricht auf einer fucking Kirchenorgel zu nehmen. Und wie immer natürlich so, dass ich noch Jahre später davon ausgegangen bin, dass das meine eigene Idee gewesen war. Denn hey, macht ja auch total Sinn, dass ein durch und durch unsicherer und schon vom normalen Alltag heillos überforderter Teenager sich ein Instrument aussucht, das eine fucking Kirche drum rum braucht. Und so laut ist, dass er zwei Mal die Woche einem ganzen Quartier zeigen kann, wie beschissen er spielt.

Danke dafür, gell, aber hey, Dank, wem Dank gebührt, und darum auch ein großes High Five an dich, Dad, dafür, dass du dich selbst immer schön von Mutters Kirchenscheiß ferngehalten, mich aber ohne Warnung voll reinlaufen lassen hast.

Darum eben: Mich gefragt, was ich wirklich bräuchte, hat nie jemand. Um mich ging es bei alledem nie. Euch beiden ging es immer nur um euch selbst.

Auch das habe ich unterdessen aber akzeptiert, Mutter. Ganz im Gegensatz zur Tatsache, dass mein Hirn so elend lange gebraucht hat, um diesen einen simplen Fakt zu erkennen. Das wird mein Hirn meinem Hirn nie verzeihen können. Dass es mir fucking Jahrzehnte eine heile Realität vorgegaukelt hat, frei für mich erfunden. Aus gutem Grund immerhin, wie die Wacker mir versichert hat, damals vor ein paar Monaten, während dieser einen alles verändernden Sitzung. Ein Selbstschutztrick meines Hirnes sei es gewesen, hat sie gesagt, um möglichst unbeschadet durch diese Situation zu kommen. Was eine so mind-blowing Erkenntnis für mich gewesen ist, dass ich nicht mal über das «Unbeschadet» gelacht habe. Sondern einfach irgendwas zwischen fünf Minuten und viereinhalb Stunden still dagesessen bin, während das Hirn mein ganzes bisheriges Leben rückwärts neu zusammengesetzt hat.

Ein Vorgang, den die Wacker und ich danach so richtig gefeiert haben. Sie mit der Bemerkung, ich hätte wohl gerade «einen Durchbruch» geschafft. Und ich mit einem dreitägigen Heulkrampf.

Hauptsache, wir hatten beide was davon.

Das Display ist wieder schwarz und erst jetzt bemerke ich, dass auch mein Zimmer mittlerweile dunkel ist. Die kühle Luft von draußen fließt durch das offene Fenster und füllt den Raum langsam von unten. Ich sitze auf der Kante des Betts und schaue in die Dunkelheit. Im Augenwinkel sehe ich, wie der Bildschirm nochmals kurz hell wird, die automatisierte Nachricht des Telefonanbieters, die mich über den verpassten Anruf informiert.

Ich habe ihn nicht verpasst, sage ich laut. Ich habe ihn ignoriert!

Von draußen höre ich weit entferntes Gelächter. Ja, hört nur genau zu! Ich habe den scheiß Anruf ig-no-riert! Und jetzt fickt euch alle in eure Knie, denn das macht ihr doch alle so gerne! Darum gehts euch allen doch immer: Um. Euch. Selbst.

Gut, Dad hat mir immerhin dieses beschissene Arrangement mit der Stiftung und der Wacker hinterlassen. Aber natürlich tut auch das nur so, als ginge es dabei um mich.

Hallo Sohn, guck, ich hab da was für dich, da schau, eine Wacker, da kannst du dich mal ausgiebig mit dir selber beschäftigen, das magst du doch, oder, du denkst doch so gerne über dich und alles andere nach höhö, jedenfalls guck, ein riesen Geschenk von mir für dich, eines, wofür ich richtig viel Geld bezahle, ja da staunst du, was ich alles für dich mache, ok gut, es ist Geld, das eigentlich sowieso dir gehört und das ich, wegen meiner Vorstellung davon, was du wirklich brauchst, halt nun für das ausgebe haha, aber egal, viel Spaß beim Denken und über all die Sachen Reden, ah, und übrigens, es ist auch kein Geschenk im klassischen Sinne, weil, du *musst* da hin. Hahaha. Ja sorry gell, aber glaub mir, ich weiß, dass du das willst oder zumindest brauchst, und ich weiß vor allem auch, dass ich dir diese Entscheidung nicht selbst überlassen kann, denn nach all dem, was du mit Mutter (und ohne mich haha) so durchgemacht hast, bist du jetzt halt derart beschädigt, dass du nicht mehr selbst für dein Wohl schauen kannst haha, ja, dumm gelaufen, sorry, ah und apropos, sorry auch noch wegen meinem Abgang mit dem Auto und dem Baum und so, ja, das war jetzt traumatechnisch vielleicht eher suboptimal für dich, ups, my bad, aber hey: Schau! Da! Eine Wacker für dich! Have fun!

Fick dich, Dad. Fick dich ganz fest. Und nein, ich weiß tatsächlich nicht, ob ich ohne Zwang je freiwillig zu einer Wacker gegangen wäre. Weil völlig überraschenderweise ist es mühsam und anstrengend und schmerzhaft, die eigene Vergangenheit immer und immer wieder durchzukauen. Und ja, vielleicht hätte ich, wenn ich freie Wahl gehabt hätte, lieber auch einfach noch auf den großen Haufen gekackt, anstatt mühselig zu lernen, die ganze Scheiße, mit der ihr mich eingedeckt habt, wieder wegzuschaufeln. Und ja, vielleicht wäre das die schlechtere Idee gewesen, aber weißt du was? Das hätte dir gefälligst scheißegal zu sein! Und darum ist okay, dass ich dich bis an mein Lebensende für dieses Scheißarrangement beschimpfe, und ja, es ist auch völlig okay, dass ich deshalb die Wacker nicht mag, und ja, ich darf das, sagt sogar die Wacker und vielleicht ist es sogar gesund, dass ich das euch beiden gegenüber empfinde, wer weiß das schon, Wackers Bauch vielleicht hahaha, gar nicht mal so lustig.

Ja. Die Wacker und ich. Es ist kompliziert. Was aber vielleicht gar nicht mal so sehr an uns zweien liegt, wie ich es manchmal gerne hätte. Sondern an den Umständen, unter denen wir das erste Mal aufeinandergetroffen sind. Damals, als ich noch klein und meine Welt noch in Ordnung war. Damals, als Mutter mit Dad und mir zu dieser Familientherapie gegangen ist und die Wacker sich als Auslöserin unseres ersten Familiendramas in mein Kinderhirn eingebrannt hat.

Natürlich war es Mutters Entscheidung gewesen, dass wir da hingehen. Weil sie von dieser Frau aus der Nachbarschaft gehört hatte, dass die Wacker deren Familie über eine «schwierige Zeit» hinweggeholfen habe. Worauf Mutter sofort zum Telefon griff und einen Termin ausgemacht hat. Zu dem wir auch gegangen sind und dann sogar noch zu zwei, drei weiteren – bis wir dann plötzlich nicht mehr hingingen. Weil Mutter beschlossen hatte, dass diese Wacker «keine Gute» war und «unerfahren» noch dazu, sodass sie «anstatt zu helfen» nur «noch mehr Leid in unsere Familie gebracht hat». Womit Mutter das Konzept Psychotherapie dann generell für tot erklärt hat, weil «es da draußen halt so viele schlechte Therapeutinnen gibt». Und sie ohne Einmischung anderer sowieso besser fürs Wohl unserer Familie sorgen könne. Was sie dann auch getan hat. Mit dem Resultat, dass ich jetzt, zwei Jahrzehnte später, auf eine Liste unbeantworteter Anrufe starre, auf der Mutter, Mutter, Mutter, Mutter, Mutter, Wacker, Mutter steht. Und ich mich frage, ob Mutter mich auch die Wacker hassen gelehrt hat.

Was in diesen Familiensitzungen genau besprochen wurde, habe ich damals wohl noch nicht verstanden oder später einfach sehr erfolgreich verdrängt. Jedenfalls kam ich erst vor Kurzem überhaupt auf die Idee, mal bei Mutter nachzufragen. Worauf ein Klagesermon folgte, der sich eigentlich damit zusammenfassen lässt, dass diese «unangenehm zackige» Therapeutin auch nach mehreren Sitzungen noch immer nicht auf den völlig offensichtlichen und einzig möglichen Schluss gekommen war, dass Dad an allem, was in dieser Familie nicht funktionierte, alleine Schuld trug. Und sie Mutter oben drauf dann auch noch ihre «Beruhigungstablettchen» nicht gönnte, Mutters fucking Benzos, von denen sie schon damals derart abhängig gewesen sein muss, dass Dad sie «dauernd in so eine Kur schicken wollte, aber ich meine, der hätte dann daheim ja gar nichts hingekriegt so ohne mich und überhaupt, so was ist doch nichts für mich, da sind nur die, die es sich erlauben können, da einfach rumzuhocken, was hätte ich den da überhaupt sollen?» Ich weiß nicht, Mutter, vielleicht *nichts tun*, wie in *nicht-alle-acht-Stunden-einen-fucking-Tranquilizer-einwerfen*? Aber neinnein, ich verstehe das ja nicht, weil sie nahm ja jeweils nur ein halbes von den klitzekleinen Tablettchen und auch die brauchte sie ja nur, weil sie sich für diesen Mann bis zur totalen Erschöpfung aufopfern musste. Eine Erschöpfung übrigens, die, wie sie bis heute immer wieder betont, bei «anderen» schon sehr viel früher eingetreten wäre, aber eben unser Glück sei ja immer gewesen, dass sie so eine starke Person sei. Was ich damals natürlich als enormes Glück empfunden habe. Und mir gleichzeitig auch unzählige schlaflose Nächte beschert hat, in denen ich mir ausgemalt habe, wie alles, woran ich glaubte, in sich zusammenfällt, sobald Mutter nicht mehr durchhalten sollte. Oder nein: sobald sie nicht mehr durchhalten *wird*. Denn es ging längst nicht mehr darum, *ob* sie zusammenbrechen würde, sondern nur noch darum, *wann*. Das jedenfalls sagte sie mir immer und immer wieder.

Mir, Mutter!

Einem Kind!

Deinem Kind!

Darum, Mutter, fick auch dich! Wie oft hast du uns damit gedroht davonzulaufen? Wie oft hast du gesagt, du würdest jetzt dann einfach gehen und nie mehr wiederkommen? Und wie viele Male, Mutter, hast du dann auch tatsächlich das Haus verlassen und dich jeweils mehrere Stunden irgendwo versteckt? Stunden, die uns zeigen sollten, wie abhängig wir von dir sind.

Stunden, die ich in panischer Angst davor verbracht habe, meine einzige verlässliche Bezugsperson zu verlieren.

Stunden, in denen ich meinen Hass auf Dad entwickelt habe, weil du, wie du mir immer wieder versichert hast, ja nur wegen ihm gegangen bist.

Und natürlich leuchtet jetzt das Telefon schon wieder auf!

Und natürlich bin ich wütend!

Und natürlich will ich nicht rangehen.

Und natürlich fühle ich mich schuldig, dass ich das nicht will.

Und natürlich fühle ich mich schuldig.

Und natürlich gehe ich ran.

Hallo Sohn, lebst du noch?

Ja. Aber ich habe gerade keine Zeit.

Aha ja, okay. Also hier ist gerade Margrith vorbeigekommen und hat Kuchen gebracht und es ist Maronikuchen und gell, du hast den ja so gerne, ich würde dir jetzt einfach davon vorbeibringen, wenn du nicht so weit weg wohnen würdest, aber ich pack dir den einfach ein und schick ihn dir, auf jeden Fall hat Margrith gesagt, sie bewundere ja schon, wie toll du das heute alles machst, weißt, ich habe ihr ja erzählt, wie schwer das alles für dich war, wegen ihm, und–

Ich mag Maronikuchen nicht.

Was? Aber früher hast du doch immer–

Nein. Habe ich nie. Ich habe Maroni noch nie gemocht.

Aber weißt du, das ist doch dieser gute Kuch–

Ich mag Maroni nicht.

Aber den hast du doch auch schon gegessen und dann fandest du den ganz gut. Jedenfalls habe ich ihn dir bereits eingepackt und zur–

Aha! Ja also wenn du ihn natürlich bereits für mich eingepackt hast, ja dann muss ich mich natürlich total falsch erinnert haben, als ich gesagt habe, ich möge keine Maroni.

Kurzes Schweigen, dann geht es weiter, nun aber in der Stimmlage der unverstandenen und enttäuschten Mutter, die doch extra für ihren einzigen Sohn einen Kuchen erhalten hat.

Aber weißt, es ist doch der, der innen so feucht ist, den magst du doch.

Ich beiße meine Zähne fest aufeinander – eins – und zähle im Rhythmus möglichst langsamer Atemzüge mit – zwei –, wie lange es wohl diesmal dauert – drei –, bis der Satz kommt – vier –, der dann immer kommt. Fünf.

Weißt, ich habe es ja nur gut gemeint.

Atmen, einfach weiter atmen und nicht schreien, es bringt nichts, egal was ich sage, egal wie ich es sage, es wird nie bei ihr ankommen. Mutter meint alles immer nur gut. Und darum ist in ihrer Logik eben auch alles, was sie tut, automatisch moralisch korrekt. Und jede Kritik an ihrem Verhalten ungerecht und allein auf die Person, von der sie stammt, zurückzuführen. Oder in meinem Fall, auf die Person, die mich gegen sie aufgehetzt hat.

Wie sehr uns Mutter mit diesem Verhalten abgeschottet hat, ist mir lange gar nicht aufgefallen. Wohl auch deshalb, weil ich durch diesen stetigen Rückzug immer noch mehr von Mutters Aufmerksamkeit abgekriegt habe. Little did I know, dass diese Aufmerksamkeit leider sehr wenig mit mir und dafür alles mit Mutter zu tun hatte.

Bleib doch bei mir, mein Kind, sonst bin ich so alleine.

Wie oft habe ich diesen Satz in verschiedensten Variationen gehört.

Als ob das die Aufgabe eines Kindes wäre! Das ist ja nicht mal die Aufgabe deines Mannes! Der sich aber halt auch nicht vor mich gestellt, sondern sich einfach allem entzogen hat. Natürlich war seine Rolle in Mutters Stück als eine passive angelegt. Vorhang auf, Auftritt fauler unfähiger Trottel. Aber Dad spielte diesen Part derart hingebungsvoll, dass definitiv auch er von diesem System profitiert haben muss, ich meine, wie sagt man so schön, it takes two to tango und meine Eltern haben definitiv ausgiebig getanzt.

Aber hey, ich versuche ja zu vergeben. Ganz speziell dir, Mutter. Denn ich weiß jetzt auch, dass du tatsächlich selbst ein Opfer deines eigenen Musters bist. Deine Wut schützt dich nur vor der tiefen Trauer in dir drin. Denn ja, Mutter, du warst und bist hochgradig depressiv und ich weiß, das ist nichts Neues, denn dazu hast du ja auch ewig schon eine Diagnose, die aus deiner Sicht natürlich falsch ist, eine Fehldiagnose deiner Ärztin, die auch nicht mehr deine Ärztin ist, weil sie dir deine Tranquilizer nicht einfach à discrétion verschreiben wollte. Und dich damit genau so im Stich gelassen hat wie dein Mann, der ja ganz allein daran schuld ist, dass es überhaupt so weit hat kommen müssen.

Und ja, Mutter, ich sage ja auch nicht, dass du dir das alles alleine eingebrockt hast. Im Gegenteil. Mir ist total klar, dass du in dieser scheiß Gesellschaft aufgewachsen bist, in der dir als Frau nicht nur dauernd vermittelt wird, dass du die ganze Care-Arbeit zu erledigen hast und das besser perfekt und ohne davon erschöpft zu werden. Und wahrscheinlich ist diese beschissene Voraussetzung sogar mit verantwortlich, dass du dieses Verhalten überhaupt entwickelt hast. Und das tut mir leid und das ist nicht fair und ja, wir alle spielen da unsere Rollen in diesem System und darum müssten wir uns halt auch immer wieder selbst hinterfragen. Was du für deinen Teil aber einfach komplett verweigerst. Weil du die Komplexität unserer Welt nun mal gerne ignorierst und lieber alles in Gut und Böse unterteilst, in Richtig und Falsch, in Schwarz oder Weiß. Oder was dich betrifft, strahlend weiß natürlich.

Du identifizierst dich längst nicht mehr mit dir, Mutter, sondern nur noch damit, wie man dich von außen sieht.

Alles nur noch Fassade.

Lustig.

Du wärst so einfach zu kopieren.

Ah, apropos lustig, Mutter: Die wirkliche Pointe kommt erst noch. Und weißt du von wem? Von deinem Mann und meinem Vater, diesem unbrauchbaren Kerl, der sich laut dir sein Leben lang kein Jota mit sich selbst auseinandersetzen wollte.

Weißt du, wo der jeweils hinging, damals, als er bereits genug von dir hatte, aber immer noch bei uns gewohnt hat?

Ich sags dir, Mutter.

Er ging zur Wacker.

Baddabumtsch!

Zweimal die Woche, mehr als drei Jahre lang und nach seinem Auszug sogar noch weiter. Das jedenfalls sagen die Unterlagen und Abrechnungen, die ich nach der Testamentseröffnung bei seiner Notarin einsehen konnte.

Ist das nicht irre komisch? Er ist da hin und hat sich helfen lassen. Was für ein verrücktes Konzept, oder?

Und Mutter, es wird noch verrückter! Weil kurz vor seinem Date mit dem Baum wollte er sogar auch noch, dass *mir* geholfen wird. So jedenfalls deute ich seine plötzlich zunehmenden Anrufversuche, von denen ich damals, vor lauter Wut auf sein Unvermögen, keinen einzigen entgegengenommen habe.

Weißt du, wie oft ich mich gefragt habe, weshalb er mich zur Wacker gezwungen hat, Mutter? Tausende Male müssen es gewesen sein und keine der möglichen Antworten ergab einen Sinn. Warum sollte Dad sich nun plötzlich um seinen Sohn kümmern wollen? Oder anders gefragt: Was hat sich in seinen letzten Monaten verändert, dass er sich plötzlich so um mich sorgte?

Nun, Mutter, ich habe da eine Vermutung. Vielleicht hat er ja auch einen Durchbruch erlebt, da, bei der Wacker. Und vielleicht hat er da ja auch gesehen, wie euer Tanz eure Beziehung und euch selbst zerstört hat. Und damit auch mich.

Könnte das eventuell sein, Mutter?

Könnte es?

Mutter?

Nein, ich wiederhole die scheiß Sendungsverfolgungsnummer für diesen scheiß Kuchen nicht!

ZEHN

ELENA

Sein Einschlag in ihr Leben war definitiv heftiger ausgefallen, als Elena erwartet hatte. Und das war großartig für ihr Projekt, denn es zeigte, dass sie niemand Besseren dafür hätte auswählen können. Eher etwas irritierend war dagegen, dass er nicht nur perfekt in ihr Werk passte – sondern auch zu ihr. Sie musste also vorsichtig sein, um sich nicht kurz vor Vollendung noch von irgendwelchen Gefühlsduseleien vom Weg abbringen zu lassen.

Tief drin war Elena überzeugt, dass sie alles nach Plan durchziehen würde. Aber ihr Kopf sagte eben auch: Ganz sicher, dass man es tut, ist man erst, wenn man es tut. Und dieser Gedanke allein hatte bereits ausgereicht, um in Elena eine gewisse Unruhe zurückzulassen – eine Unruhe, die sie nun schon länger mit sich herumtrug und die sie verwirrenderweise am effektivsten damit bekämpfen konnte, indem sie Zeit mit ihm verbrachte. In seiner Anwesenheit fühlte sich Elena noch sicherer in ihrem Denken als sonst. Nie waren ihre Gedanken klarer und ihre innere Ruhe größer als in den Stunden mit ihm. Wenn sie ihn sah, ihn spürte, ihn erlebte, war sie überzeugter denn je, dass das, was sie durchzuziehen gedachte, das einzig Richtige war.

Obwohl diese Nähe zu ihm jedes Mal auch die egoistische Versuchung befeuerte, eventuell doch noch den Notausgang zu wählen – allein schon, um noch mehr von diesen gemeinsamen Momenten erleben zu können.

Elena erklärte sich das alles damit, dass sie in seiner Anwesenheit schlichtweg alles intensiver spürte. Und beschloss, dass das auch total okay sei, solange sie wachsam blieb.

ER

Die Evolution hat den Menschen so entwickelt, dass wir uns selbst stabiler wahrnehmen, als wir in Wirklichkeit sind. Weil unsere Eigenwahrnehmung darauf ausgerichtet ist, uns am Leben zu erhalten.

ELF

ELENA

Einmal noch da raus, sich ein einziges mal noch dem Wahnsinn da draußen aussetzen, es ein allerletztes Mal noch darauf ankommen lassen, ob für sie nicht doch noch ein abruptes vorgezogenes Ende vorgesehen war. Raus aus ihrem Haus, das jetzt in unmittelbarer Reichweite der Geschosse sowieso keine Sicherheit mehr bot.

Ja, dachte Elena, während sie ruhig durch die Straßen ging. Das ist es nun, das Ende der Stadt, die sie kannte. Das Quartier verstümmelt von aufgerissenem Asphalt, entstellt von angesengten Fassaden. Jetzt konnten es auch all die notdürftig angebrachten Bauplanen nicht mehr verbergen.

Schwerer Diesel lag in der Luft. Elena hatte sich entschieden zu glauben, dass er von Baumaschinen stammte und nicht von den Panzern. Baustellen sind es, sagte Elena jetzt laut vor sich hin und nickte dazu, so als müsse sie sich selbst noch davon überzeugen. Bauarbeiten, dafür da, um die Oberflächen der Stadt wieder herzustellen. Neu zwar, aber doch möglichst so, wie sie vor dem Angriff waren. Für all jene, die später mal nichts von dem Krieg hier wissen wollten.

ER

Acht Tage. Acht lächerliche Tage habe ich nichts von Elena gehört. Und ich bin auf bestem Wege durchzudrehen. Ich fühle mich wie ein Junkie auf Entzug oder halt so, wie ich mir vorstelle, dass sich ein Junkie auf Entzug fühlen muss, denn ich habe ja keine Erfahrung mit Drogen, vor denen habe ich ja auch Angst. Ich tigere rastlos durch meine Wohnung und in mir drin führt die Unruhe einen Demonstrationszug gegen die Logik an. «Hallohallohallo!», schreit erstere ohne Unterbruch, «Haltdiefresse», schreie ich zurück und darauf hat sie dann auch keine Antwort.

Ich muss hier raus, mich bewegen, frische Luft einatmen, Sauerstoff in rauen Mengen, und zwar sofort, denn in meinem Körper rollt bereits die Panik an. Der Puls hat sich beschleunigt und pocht erbarmungslos an meine Schläfen, die Atmung ist flach, die Härchen an meinen Armen stehen, die Stirn ist feucht und meine Hände greifen seit Minuten nach irgendwelchen Dingen, die sie dann wahllos an anderen Orten wieder hinstellen. Und weil ich das alles natürlich schon bestens kenne und deshalb eben auch weiß, was jetzt als nächstes folgt, steuert das Ganze noch rasanter auf die Eskalation zu. Die Kauflächen meiner Zahnreihen sind schon so fest aufeinandergepresst, dass die Kiefermuskeln zu krampfen beginnen. Um die Spannung irgendwo kanalisieren zu können, lege ich meine Mittelfinger über die jeweils benachbarten Zeigefinger und presse die beiden dann so fest gegeneinander wie möglich. Ich zähle meine Atemzüge laut. Eins. Warten, aus. Zwei. Warten, aus. Drei.

Jetzt schmerzen auch die verdammten Finger noch.

Ich reiße meine Wohnungstür auf und im Treppenhaus steht der Wäsche-Sheriff und er redet mit einer Person, die ich hier noch nie gesehen habe, das heißt, nein, sie reden nicht, sie starren mich an. Ich halte kurz inne, unschlüssig, was ich mit dieser Situation jetzt anfangen soll, und sage dann schließlich etwas wie Jaja-die-Wäsche-immer-diese-Wäsche-istschonschlimm-gell, wobei das «Gell» deutlich lauter und aggressiver wird, als es beabsichtigt war. Der Sheriff-Kiefer fällt nach unten, vor Verwunderung, vor Ärger oder einfach, weil er doof aussehen will, was weiß ich. Und jetzt muss ich innerlich kurz lachen, denn ausnahmsweise habe ich mal nicht an mögliche Konsequenzen gedacht oder daran, was andere über mich denken könnten. Ich habe einfach gesagt, was ich gerade sagen wollte. Irgendwas scheint mir diese Macht zu verleihen, vielleicht ist es die anrollende Panik, vielleicht der fehlende Schlaf, vielleicht ist es aber auch Elena, ja, Elena, es könnte auch Elena sein, es ist Elena, ich glaube noch immer an Elena, sie verleiht mir diese Macht, Elena sag, dass alles gut wird, Elena, du hast bestimmt einen guten Grund, dass du mich alleine gelassen hast, Elena sag ihn mir, Elena, Elena, Elena.

Und dann stehe ich vor ihrem Haus, vor ihrer Tür und drücke die Klingel, mehrfach, immer und immer wieder und der Knopf lockert sich von meinem Rütteln bereits etwas, aber keine Elena und jetzt erst mal tief durchatmen und die Hände weg von der Klingel. Eins, zwei. Ich fasse mir an die Stirn und die ist nass. Ich muss gerannt sein, ich atme schwer und mache hektische Bewegungen, die keinen Zweck erfüllen, mein Körper gehorcht jetzt nicht mal mehr sich selber. Ich mache einen Schritt zur Seite und trete gegen Glas. Ich schaue nach unten und es ist ein Badezimmerschrank, dessen Spiegel nun in großen Scherben neben mir liegt. Mein Blick geht an seine rechte untere Seite und ich erkenne Elenas milchig zersplitterte Ecke und damit ist das hier Elenas Spiegel, der Spiegel, in dem wir unsere Blicke ausgetauscht haben, der Spiegel, in den wir beim Zähneputzen immer gelacht haben, und vor allem der Spiegel, der Elenas Spiegel bleiben soll, solange sie sich selber in die Augen sehen kann.

Der Spiegel steht jetzt da draußen. Vor der Tür.

Und jetzt wird die ganze Geräuschkulisse der Stadt in meinen Kopf gesaugt und versteckt sich dort hinter einem Wattevorhang, während in mir auch noch der letzte übrig gebliebene Rest Selbstsicherheit in sich zusammenfällt. Ich sehe mich nun von außen und weg ist die Hitze und weg ist der Ton und weg ist alles. Ich bin ein Idiot, ich bin ein Nichts, die Panik ist jetzt mein einziger Freund und ich atme zu schnell.

Elena wollte sich nicht mehr selbst anschauen müssen.

Dazu ist Elena weg und mir jetzt einiges klar.

Elena ist nicht da, weil sie nicht da sein will. Weil sie mich nicht mehr in dem Spiegel anschauen kann. Elena hat mit mir gespielt, ich Idiot, ich Vollidiot, sie hat doch nur mit mir gespielt, es war ja so klar, was sollte sie auch sonst mit mir? Wie nur habe ich mir einbilden können, dass sie etwas in mir entdeckt haben soll, wo da doch gar nichts ist! Wie sollte sie auch jemals etwas in mir gesehen haben! Es gibt nichts zu sehen! Gehen Sie weiter, es gibt nichts zu sehen, gehen Sie verdammt nochmal weiter, gehen Sie!

Und während mein letzter Rest Selbstachtung wirklich geht, kommt die Erkenntnis. Und die tut richtig weh.

Ich war ganz einfach immer nur ein Teil ihres Projekts. Ein kleines, unwichtiges Puzzlestück in ihrem Spiel. Sie hat mich angelockt, sie hat mich kennengelernt und dann, ja dann hat sie mich, wie alles andere auch, ersetzt. Bravo, gut gemacht, Elena, kann ich verstehen, clever, hätte ich wohl auch so gemacht, nein, hätte ich nicht, aber genau darum bist du eben die Künstlerin und ich nicht.

Wie konnte ich nur so blind sein? Habe ich wirklich erwartet, so etwas Besonderes zu sein? Habe ich wirklich gedacht, dass sie alles um sich ersetzen und bei mir dann aber eine Ausnahme machen würde? Habe ich ernsthaft geglaubt, dass ich das einzige Original in ihrem Leben bleiben darf? Dass sie ihr Lebensprojekt unvollendet lassen würde, wegen mir? Haha, ja, genau. Wie unfassbar bescheuert. Mir war von Anfang an eine Rolle zugeteilt. Und die habe ich wunderbar gespielt, die Rolle meines Lebens, Auftritt naiver Idiot. Natürlich war ich von Anfang an zum Austausch bestimmt. Natürlich war das der Plan, Elena, dein Plan. Damals, im Bus, du bist gerannt, du bist verdammt nochmal gerannt, kurz bevor wir uns geküsst haben. Du wusstest, dass ich da drin saß. Du wolltest mich, aber nicht so, wie ich gedacht habe. Du wolltest nicht mich. Du wolltest Zugriff auf mich. Zugriff auf dieses Original, das sich in deinem abgesteckten Gebiet niedergelassen hat. An dem du testen wolltest, ob sich dein Vorgehen auch auf Lebewesen übertragen lässt. Ich war Teil deines Plans und jetzt bin ich es nicht mehr. Ich habe meine Schuldigkeit getan, ich bin jetzt das aussortierte Original.

Eine Frage aber habe ich noch, Elena. Eine.

Was geschieht mit den Originalen? Denn sie sind ja eine Gefahr, so ist es doch, so ist es doch, oder? Wie sorgst du dafür, dass die nicht irgendwann wieder auftauchen und auf ihre Rolle pochen? So in dein Werk pfuschen? Was tust du mit den Originalen, Elena, sag? Was machst du mit ihnen? Wie lässt du sie verschwinden? Stein dran und ab in den See? Nein, das wäre zu theatralisch. Das bist nicht du. Aber was dann? Lagerst du sie irgendwo? Nein, das wäre zu riskant. Ich weiß es, Elena, ich weiß, was du mit den Originalen tust. Und du hast recht damit, es ist die einzig richtige Methode. Du veränderst sie. Du nimmst ihnen den Charakter des Originals. Du zerstörst die Originale, aber nur so sehr, dass sie der Kopie nicht mehr wirklich ähnlich sind. Nie mehr ähnlich sehen. Alle weitere Zerstörung wäre unnötig und darum sinnlose Vergeudung von Energie. Was hast du mit dem Zahnarztschild gemacht, Elena, was hast du damit getan? Hast du es gespalten? Zerkratzt? Wie hast du es behandelt? Ich sage es dir: Du hast eine einfache Variante gewählt. Du wolltest dich nicht zu lange damit aufhalten, zu unwichtig ist das einzelne Puzzlestück und doch wichtig genug, um sich ihm gewissenhaft und richtig zu entledigen. Du hast es ganz einfach unkenntlich gemacht. Du hast nur so viel investiert, dass es nicht mehr als Original erkennbar ist. Kleinster nötiger Aufwand.

Aber was ist mit mir, Elena? Du hast mich nicht zerstört. Ich bin nicht endgültig aussortiert, ich bin noch eine Gefahr für dein Projekt. Ich könnte dein Werk zerstören. Alles, wofür du lebst. Aber keine Angst. Ich werde das nicht tun. Ich bin keine Gefahr.

Im Gegenteil. Ich werde dir gerne helfen, Elena. Sag mir nur, was unverkennbar ist an mir. Sag mir, was macht mich noch zum Original? Meine Stimme? Meine Haare? Mein Kopf? Das Gesicht? Die Haut? Die Haut? Natürlich. Die Haut. Die äußerste Hülle, die Fassade, der Asphalt, die Lackschicht, das einzig Sichtbare, meine Haut. Schau, Elena, schau, ich helfe dir. Ich zerstöre mein Bild. Schau, es geht ganz leicht, guck, die Scherbe, die Scherbe, in der wir uns gerade eben noch selber angeschaut haben, guck, wie mühelos sie durch die Haut gleitet, schau, ich mach gar kein Aufheben, ein Schnitt, noch einer, ein paar richtig tiefe, es tut auch gar nicht weh, denn ich habe vergessen, wie man fühlt, schau, noch einer, die Stirn, die Wange auch, nein Elena, nein, meine Oberfläche wird nie mehr so aussehen wie zuvor.

ZWÖLF

ELENA

Draußen tobte der letzte Sturm. Elena konnte ihn hören. Die Schreie der Menschen mit versehrten Körpern, ihr Flehen um Hilfe oder wenigstens etwas Linderung. Elena saß auf seinem Stuhl in der Mitte ihres abgedunkelten Wohnzimmers. Sie versuchte, sich zu konzentrieren, auf ihren Atem, auf ihren Körper, aber der Krieg pochte irritierend laut an ihre Tür. Elena! Elena! Elena! Dazu Klingeln, immer wieder Klingeln, schließlich Rütteln an der Klinke. Da war sie, die Gewalt, nur noch durch eine Tür von ihr getrennt. Elena! Elena!

Die Schreie hatten auch diese letzte Barriere bereits durchbrochen und sich im Zimmer zu ihr gesellt. Elena nahm sie wahr und akzeptierte sie. Nichts, sagte sie sich, nichts lag mehr in ihrem Ermessen. Ihr eigenes Handeln bestimmte nicht länger über den weiteren Verlauf ihres Schicksals.

Es ist, wie es ist, dachte sie, die Augen geschlossen, der Körper im Lot. Elena ruhte. In sich und diesem Moment. Und wie der länger wurde, verstummte irgendwann auch das Geräusch des Rüttelns an der Tür und das laute Flehen wurde zu einem leisen Wimmern. Elena atmete tief ein, dann wieder aus. Das Wimmern wiederholte sich endlos und wurde zusammen mit dem Rhythmus ihres Atems zu einem repetitiven Mantra.

Elena wusste: Bald würde er gehen, nach Hause, dahin, wo die Häuser noch standen, wo die Straßen noch voller Leben waren und die Gebäude bewohnt. Zurück in seine Welt, die von ihrem Krieg verschont geblieben war.

Und dort würde er dann erst trauern. Es alles nicht wahrhaben wollen. Aber dann irgendwann würde er die Anleitung zur Vollendung entdecken, er würde sie lesen, er würde sich dagegen sträuben, sich ihr dann aber ergeben. Und schließlich würde er sehen. Er würde es alles sehen.

Dann, totale Ruhe. Elena hörte nur noch sich. Eine Minute verging, eine weitere halbe sicher auch, dann Schritte, die sich schleppend entfernten.

Elena versuchte, aufmerksam zu bleiben, ihren Körper nochmals auszurichten. Aber die Wirkung des Medikaments setzte jetzt ein. Ihr Atem verlor seine Regelmäßigkeit und Elena rutschte langsam auf dem Stuhl nach vorne. Dann kippte ihr Körper seitlich weg.

Der Fall war ungebremst, der Aufschlag ihres rasierten Schädels auf dem Parkett hallte kurz nur nach.

Dann Stille.

ER

Mein Shirt ist nass und die Taxifahrerin schaut während des Fahrens ununterbrochen in den Rückspiegel. Ich weine leise und wiederhole ab und an schluchzend meine Adresse. Die Leere in meinem Kopf ist dankbar für das Muster, das die Tropfen meines Blutes auf dem Autoboden zeichnen. Mein Blick bleibt unten, das Muster wächst. Das monotone Holpern der Schlaglöcher gewinnt an Regelmäßigkeit, wir fahren schnell. Dann nicht mehr. Jemand öffnet meine Autotür, kalte Luft zwängt sich zu mir hinein. Ich steige aus ohne aufzuschauen und merke dann, dass wir gar nicht vor meinem Haus, sondern vor einer Notaufnahme stehen. Ich bin kraftlos wütend ob dieser Übergriffigkeit der Taxifahrerin und bezahle sie, indem ich ihr mein Portemonnaie vor die Füße werfe. Dann renne ich los. Weg von diesem Ort.

Ich nehme die Strecke, die ich renne, nicht wahr, erreiche aber irgendwann mein Haus. Im Treppenhaus kommt mir ein Paketbote entgegen, ich drehe mich weg und starre regungslos in eine Ecke, bis er schließlich zögernd an mir vorbei und nach unten geht. Ich renne die letzten Stufen hoch, an meiner Tür klebt ein Umschlag. Er trägt meinen Namen in Elenas Schrift. Ich sinke in mich zusammen.

ER

Die Wohnung ist genau wie immer, aber zum ersten Mal leer. Der Umschlag liegt jetzt auf dem Küchentisch. Ich greife in regelmäßigen Abständen nach ihm, halte ihn dann kurz oder lange und werfe ihn dann jedes Mal wieder zurück auf die Platte. Vielleicht aus Angst, vielleicht wegen der unfassbaren Trauer, vielleicht wegen beidem oder nichts. Das Telefon klingelt seit Minuten durch. Unbekannte Nummer, unbekannte Nummer, Mutter, Mutter,

Mutter, Wacker, unbekannte Nummer, Mutter, Mutter. Ich werfe es in den Flur und setze mich auf meinen Stuhl, nicht weil ich will, sondern weil ich nicht mehr stehen kann. Ich öffne den Umschlag.

ELENA

Liebster Adam.
Alles ist gut.
Ich war lange genug ich.
Mein Teil ist vollbracht.
Ich bin glücklich.
Ich liebe dich für immer.
Du bist die Vollendung.
Elena.
PS: You got mail.

ER

Ich renne in den Flur und finde mein Telefon. Das Display ist zersplittert und bleibt schwarz, also weiter zum Computer, da, eine neue Mail, von Elena. Die Mail hat keinen Betreff und im Textfeld steht einfach nur mein Name in Blau. Hinterlegt mit einem Link. Mein Kopf rast, mein Körper ist taub.

Sobald ich mit dem Cursor über die vier Buchstaben fahre, ist mein Name durchgestrichen. Ich schließe meine Augen und klicke auf den Link. Ich vergesse zu atmen, bis mein Körper mich zwingt, ich schnappe nach Luft und die Augen sind offen.

Auf meinem Bildschirm ist ein großes Bild von Elenas Gesicht. Ihre Augen schauen direkt in meine und jetzt schnappe ich aktiv nach Luft, ich ringe mit den Armen nach Halt. Schmerz, unerträglicher Schmerz. Neinneinnein, du bist noch da, bleib, hör mich an!

Ich schreie in den Bildschirm, aber Elena schaut mich nur an. Ich spüre nichts und alles.

Elenaelenaelena!

Ich glaube, mein Körper schlottert, dann geben die Muskeln nach und ich sinke in die Knie. Mein Blick versucht, sich an Elenas Blick festzuhalten.

Und so vergeht nun Zeit. Ich auf meinen Knien mit dem Bild vor mir, dem einzigen Hinweis, dass es Elena je gab.

Ich habe kein körperliches Empfinden mehr.

Ich starrestarrestarre.

Und je länger dieser Zustand dauert, desto mehr gibt der immense innere Schmerz etwas Platz ab an ein neues Gefühl. Eines, das mir die Grundlage zu allem entzieht und gleichzeitig einen neuen Boden auslegt, auf dem nun langsam eine neue Erkenntnis wächst. Denn auch wenn meine Augen weiter nur dasselbe melden, scheint sich in meinem Hirn etwas zu entwickeln, das mehr und mehr zu einer Gewissheit wird.

Das Gesicht, in das ich hier starre, ist meines.

Es sind meine Augen, es ist meine Nase, es sind meine Lippen, es ist meine Haut.

Es ist sogar mein Bild. Eines, das ich selbst von mir gemacht habe, Jahre bevor es für mich eine Elena gegeben hat. Das ich dann irgendwo mal als Profilbild hochgeladen habe, damals, als ich noch Sachen genutzt habe, die Profilbilder brauchten. Ein Bild also, das da draußen irgendwo existiert und einst mal den Zweck hatte zu zeigen, wie ich aussehe.

Und trotzdem war ich gerade noch absolut überzeugt, dass es Elena zeigt. Denn irgendwie sieht die Person da drauf auch nicht so aus, wie ich mich in Erinnerung habe.

Das hier ist nicht das Gesicht, das ich an mir erwarte.

Das hier ist das Gesicht, das mein Hirn unter «Elena» abgelegt hat.

Weil ich mit diesem Gedanken nicht umgehen kann, löst sich mein Blick nun vom Gesicht und wandert hilfesuchend durch den Raum, so als wäre sonst noch wer da, irgendein Mensch, der mir bestätigen könnte, dass ich nicht der Einzige bin, der das gerade sieht. Aber da ist niemand. Dafür höre ich mich atmen, zu schnell und zu oberflächlich, und mein Hirn kann auch mit dieser Information nicht umgehen und schickt dafür meinen Blick zurück aufs Bild.

Natürlich hat Elena mein Bild verändert, natürlich sind da ihre roten Haare, natürlich ist das Gesicht dezent geschminkt, natürlich bin das da drauf nicht ich im Original. Aber von diesen wenigen Veränderungen abgesehen, ich meine: die Wangenknochen, die Lippenform, die Nase in etwa auch, diese Übereinstimmung!

Holy, warum hat mir das niemand ... gut, wer hätte schon sollen.

Ich zwinge mich wieder auf die Beine und gehe zum Fenster und schaue hinaus oder nicht, ich weiß es nicht, denn um diese Daten zu verarbeiten, fehlt meinem Kopf die Kapazität.

Was. Zur. Absoluten. Hölle.

Ich löse mich ruckartig vom Fenster, gehe hektisch durch den Raum und schlage mit der Faust gegen die Wand, was keinen Sinn macht, denn ich bin überhaupt nicht wütend, aber mein Körper braucht jetzt irgendwas, damit er einfach etwas zu tun hat, also schlage ich nochmals, holy, nochmals, fuck! Ich gehe zurück zum Laptop und an ihm vorbei, warum nur habe ich das, nein, das kann doch nicht, ich meine, ich habe es einfach nicht gesehen!

Ich lehne mich mit der Stirn an die Küchenkombination und applaudiere mit der rechten Hand laut auf die Ablagefläche. Dann setze ich mich wieder an den Bildschirm.

Es ist erschreckend, wie offensichtlich sich unsere Gesichter gleichen. Ich versuche herauszufinden, was das jetzt bedeutet, aber kann dem Gedanken nicht folgen, mein Denken ist sprunghaft, noch sprunghafter als sonst. Ich breche plötzlich in lautes Kichern aus und kann nicht mal sagen warum, noch ob ich irgendwas lustig finde. Vermutlich ja. Ich tippe mit meinem Finger aufs Trackpad, damit ich irgendwas mache, und die Seite vor mir springt etwas nach oben, wodurch mir auffällt, dass man sie nach unten scrollen kann. Also tue ich das.

Eine Anleitung erscheint.

Sie beschreibt, was ich tun muss, damit mein Gesicht zu dem von Elena wird.

Schritt für Schritt. Make-up-Foundation hier, Kajal da, Highlights dort und hier, dann noch Kontaktlinsen zur Farbkorrektur der Iris. Alles beschrieben bis ins kleinste Detail.

Und unter dem Ganzen dann ein Hinweis. Dass ich alles, was ich dafür brauche, erhalten werde – sobald die Perücke aus den Replikaten ihrer Haare fertig sei. Eine Lieferung mit allem drin. Von nachgeschneiderter Kleidung, über Schuhe mit Höheneinlagen, bis zu Elenas Schlüssel zu meiner neuen Wohnung.

Ich schlucke mehrfach leer und scrolle ans Ende der Seite, dorthin, wo drei letzte Sätze von Elena stehen. So geschrieben, wie Elena redet. Denn Elena redet jetzt.

Mit dir ist es nun vollbracht.
Ich liebe es.
Oh Scheiße, liebe ich es.

Darunter ein Herz, noch eins, dann nochmals eins.

Ich lese diese Sätze immer und immer wieder und ich höre dabei, wie Elena quietscht, während sie das schreibt. So wie sie immer gequietscht hat, wenn es so wirkte, als wüsste sie gerade nicht, wohin mit all ihrer Verliebtheit.

Dieses Quietschen, das beste aller Geräusche.

Und damit schießt die Verliebtheit nun auch in meinen Kopf und bringt diese Leichtigkeit mit sich, die meine Gedanken klar werden lässt.

Es genügt, die sichtbare Schicht zu ersetzen.

Elena selbst war ihr letzter Akt. Sie musste nur noch sich selbst durch eine Kopie ersetzen.

Ich werde zum Replikat ihrer selbst.

Ich mache einen Schritt zurück vom Computer. Eine wohlige Ruhe macht sich in mir breit, eine angenehme Wärme hüllt mich ein. Vielleicht fühlt sich so Glück an.

Elena ist nicht tot.

Sie ist aufgegangen in ihrer Kunst.

Deshalb hat sie mich ausgewählt. Deshalb war sie damals plötzlich in diesem Bus und in meinem Leben. Es gibt sie doch, die logische Erklärung! Es war wegen mir, es war genau wegen mir! Elena, ich liebe dich! Du hast mich ausgewählt, weil ich der Richtige bin für das Wichtigste in deinem Leben!

Und Elena, du hast es mich spüren lassen, in jeder einzelnen Sekunde, die ich gemeinsam mit dir verbringen durfte. Es war pure Liebe und Liebe wird es bleiben. Denn ich werde deinen Plan vollenden. Und werde zu dem Menschen, den ich wirklich liebe.

Ich stehe oder schwebe, ich weine, ich bebe vor Glück und alles ist gut.

Als ich langsam wieder den Raum wahrnehme, ist Zeit vergangen, die Sonne steht tief. Ich folge dem langen Schatten des Tisches und berühre den Computer, der sofort wieder erwacht und Elenas Seite zeigt. Oben rechts sehe ich einen pulsierenden Button. «Zum Abgleichen» steht darauf. Entweder habe ich den bisher nicht gesehen oder er ist erst jetzt, wo ich am Ende der Seite angekommen bin, erschienen.

Ich klicke und das Bild von meinem, sprich Elenas Gesicht rückt nach links, sodass die Seite jetzt mittig unterteilt ist. Auf der rechten Seite erscheint in der exakt gleichen Größe wie das Bild ein Video. Es ist das bewegte Porträt einer grauenhaft zugerichteten Fratze. Dieses Gesicht ist blutverkrustet zerfurcht, mit weißlichen, von Leben bereits entleerten und herunterhängenden Hautlappen. Wer immer diese Person auch einmal war, sie ist nicht wieder zu erkennen.

Ich weiche angeekelt zurück, die Person im Video tut es mir gleich.

Es ist das Live-Bild meiner Laptopkamera.

ER

Ich liege. Ich liegeliegeliege. Die Tränen brennen in den klaffenden Schnitten, aber Schmerz ist nur mehr ein Konzept. Die Angst ist weg, der Körper regungslos. Alles ist gedämpft oder weg, aber meine Gedanken sind klar.

Meine rechte Hand tastet sich unter mein Bett, dann den Boden entlang in Richtung Kopfteil. Hinter dem Bettfuß findet sie, was sie sucht.

Das metallene Matt ist kühler als das Holz des Bodens. Ich fahre mit dem Finger langsam die Oberfläche ab. Unten am Finger kalt, oben unter der Decke warm. Alles fühlt sich richtig an und ich bin ruhig.

Wie unzählige Male zuvor greift die Hand sachte zu. Ich ziehe sie nach oben und lege das schwere Metall auf meinen Bauch.

Mein Finger tastet sich an ihm entlang und spielt mit dem Ende.

Es fühlt sich gut an. Aber ich weiß, dass das dieses Mal nicht reicht. Diesmal ist die reine Anwesenheit der Möglichkeit nicht mehr genug.

Wenn ich nicht schlafen kann, stelle ich mir vor, wie ich niedergeschossen werde. Zwei Kugeln in den Kopf. Nicht diese schlimmen Dinger, die beim Austritt noch ein Drittel des Hirns an die Rückwand klatschen. Die normalen. Die mit dem sauberen kleinen Eintrittsloch. Die, die dann steckenbleiben.

EPILOG

Betrifft Archivanfrage 30292BN2-1312

Sehr geehrter Antragsteller
Hier wie von Ihnen angefordert und gemäß Vereinbarung 3982.39.8 von der Staatsanwaltschaft an Sie freigegeben, der Inhalt des Aktenzeichens H32.492 zu unserer Entlastung.
Mit Ihrer Unterschrift bestätigen Sie die Entgegennahme folgender Dokumente und/oder Materialien.

N°1 | Abschlussbericht der Untersuchungsbehörde im Fall ADAM ▮▮▮▮▮▮▮▮.
Anhang 1: Obduktionsbericht.
Anhang 2: Ausschluss von Fremdeinwirkung / Tatbestand der Selbsttötung.
Anhang 3: Ausschluss der Theorie «Zweites Todesopfer» (in Abgleichung mit Tatdarstellung in Manuskript, siehe N°9).

N°2 | Transkript der Einvernahme von Dr. lic. phil. Christine Erole Wacker.
Anhänge 1–3: Schriftliche Expertisen von Dr. lic. phil. Christine Erole Wacker inkl. Einschätzung des von den Untersuchungsbehörden gestellten Gutachters.

N°3 | Mietvertrag für die angemietete Zweitwohnung des Verstorbenen.
Anhang 1: Transkript, Aussagen der Nachbarn bezüglich zeitlicher Anwesenheit des Verstorbenen sowie Ausschluss der Theorie «Zweite Bewohnerin».
Anhang 2: Liste der in der Erstwohnung des Verstorbenen vorgefundenen Gegenstände (inkl. Tatwaffe).
Anhang 3: Liste der in der Zweitwohnung des Verstorbenen vorgefundenen Gegenstände.
Anhang 4: Abgleichung der Aussagen und Funde mit Darstellung des Sachverhaltes in Manuskript (siehe N°9).

N°4 | Verträge zum Ladenumbau Vogesenstraße zwischen Hermann A. Ineichen (Besitzer) und dem Verstorbenen.
Anhang 1: Aussage von Hermann A. Ineichen sowie drei Mitarbeitern der Graf Umzüge GmbH zum Umbau des Ladens unter Aufsicht der verstorbenen Person sowie zur Inexistenz einer Zweitperson (in Abgleichung mit Darstellung des Sachverhaltes in Manuskript, siehe N°9).

N°5 | Abschlussbericht des Aktenzeichens U39873.42 (Verkehrsunfall mit zweifacher Todesfolge, betr. Vater des Verstorbenen und dessen Lebenspartnerin).

N°6 | Letzter Wille Vater des Verstorbenen, inklusive Erbschaftsvertrag.

N°7 | Offerte sowie Rechnung für den Auftrag zur Gestaltung und Programmierung einer Website. Beides ausgestellt auf den Verstorbenen.

N°8 | Kaufvertrag Parzelle 3893-39 (inkl. baufälligem Gebäude) zwischen dem Tierheim Surber GmbH (vormalige Besitzerin) und dem Verstorbenen.
Anhang 1: Rechnung der Vogelwarte für die medizinische Kontrolle, Beringung und Freisetzung von 578 Tauben, zulasten der direkten Erbfolgerin des Verstorbenen (Mutter).

N°9 | In der Erstwohnung des Verstorbenen vorgefundenes Roman-Manuskript (Arbeitstitel: «Die bestmögliche Vermutung»), ausgedruckt und digital auf Datenträger, zehnfache Ausführung. Einzeln verpackt in frankierten und an verschiedene Verlage adressierten Versandkartons.

ANNEX

Seite 33: Die Aussagen zum biologischen Aspekt von Gender beziehen sich unter anderem auf wissenschaftliche Arbeiten von *Anne Fausto-Sterling*, Doktorin in Entwicklungsgenetik und emeritierte Professorin für Biologie und Gender Studies an der Brown University (u. a. *Why Sex Is Not Binary*, New York Times, 2018).

Seite 55: Was die Liebe neurologisch im Hirn macht, ist mitinspiriert von *Wired for Love: A Neuroscientist's Journey Through Romance, Loss, and the Essence of Human Connection* (Flatiron Books, 2022) von Neurowissenschafterin *Stephanie Cacioppo*.

Seiten 92–96, 173: Mehrere Aussagen zur Funktion der eigenen Wahrnehmung frei nach *Anil Seth*, Professor für Kognitive Neurowissenschaft und Computational Neuroscience an der University of Sussex (*Consciousness and perceiving the self*, Talk für The Institute of Art and Ideas, 2021).

Seite 119: Das Wort «treudoof» hat *Simone Monnerat* in mein Leben gebracht.

Seite 132: Die Schauspiel-Suizidanalogie sowie die Umdeutung der Lebensgeschichte nach einer Selbstötung frei nach *Eduard Levé* (*Suicide*, Gallimard, 2008).

Seiten 154–171: Ein Teil des Verhaltens der Mutter-Figur ist mitinspiriert von Folge 42 des Podcasts *Beziehungskosmos* von Psychotherapeutin *Felizitas Ambauen* und Journalistin *Sabine Meyer*.

DANK

Mein größter Dank geht an Superbrain und Wahnsinnsmensch Aissa Tripodi. Deine Gedanken, dein Wissen, deine Haltung, dein Humor und deine Begeisterungsfähigkeit sind überwältigend. An deinen Inputs, deiner präzisen Kritik und deiner unglaublichen Liebe für diesen Text habe ich mich orientiert. Ohne dich gäbe es dieses Buch so nicht.

Tausend Dank auch an Dominic Deville, der eine frühe Fassung gelesen hat. Deine Rückmeldungen waren ein Antrieb, dein Glaube an und Einstehen für dieses Manuskript bewegen mich noch immer. Du bist der Literaturagent, den ich nie hatte.

Dann: Sehr viel Liebe und kübelweise Dank an Helen Iten. Deine unglaublich präzisen, liebevollen und irre lustigen Rückmeldungen waren Gold. Deine Überzeugung, dass dieses Manuskript zum Buch werden müsse, und deine Freude daran, dass es das nun ist, fühlen sich unfassbar schön an. (Du darfst jetzt damit aufhören, mich wöchentlich daran zu erinnern, dass ich ein Buch geschrieben habe.)

Danke, danke, danke auch an Laurent Burst. Für deine klugen Worte, deine Großzügigkeit, deine Ambiguitätstoleranz sowie deine Liebe und das tiefe Verständnis für diesen Text.

Danke auch an meine Testleser*innen Andrew Peter Jones, Simone Monnerat, Renato Kaiser, Ea Eller und Philipp Röthlin.

Eure Gedanken und Gefühle sind ebenfalls ein wertvoller Teil dieses Projekts.

Und dann natürlich ein riesiges Dankeschön an Katrin Sutter und Paula Fricke vom Arisverlag. Danke für euren Glauben an diesen Text, danke für euer Vertrauen in mich und all die Arbeit und die Begeisterung, die ihr in dieses Buch gesteckt habt.

Danke Lynn Grevenitz für die Gestaltung des Umschlags und den Satz, danke Elisabeth Blüml fürs Korrektorat und danke Irène Kost für deine großherzige Beratung und die Mitarbeit am Exposé.

Danke Sophie Yerly, Caroline Fux, Uta Köbernick, Felizitas Ambauen, Rolf Gübeli, Nelly Gübeli, Erich Russi, Zita Russi, Je Mauchle, Sara Stämpfli, Gabriela Strasser und Hans-Ruedi Hischier. Ihr alle wisst, wofür, und falls nicht, ich weiß es.

Und dann noch: Danke dir, Barbara Gübeli. Dafür, dass du mit deinen Buchgeschenken damals meine Freude an der Sprache geweckt hast.

© Aissa Tripodi

Manuel Gübeli ist Filmemacher, Künstler und Autor. Seine Filme liefen an zahlreichen internationalen Festivals und gewannen diverse Auszeichnungen. Er ist Absolvent der Journalistenschule MAZ, hat an der Hochschule Design & Kunst in Luzern Film studiert und am Filmhaus Babelsberg Weiterbildungen in Drehbuch und Schauspielführung abgeschlossen. Er schreibt regelmäßig für Bühne, Fernsehen und Print. Manuel Gübeli lebt in Basel und Berlin.
manuelguebeli.com

für Aissa

Lea Catrina
WALDBAD
—

Roman
240 Seiten | CHF 29,90 | ISBN: 978-3-907238-37-0
—

Der Gelegenheitsjobber Luan schlägt sich in einem beliebten Kurort gerade so durch, während reiche Touristen zunehmend die Einheimischen verdrängen – und bald steht auch sein Zuhause in dem von seltsamen Ereignissen aufgesuchten Dorf auf dem Spiel.

«Lea Catrinas drittes Buch erweist sich als wahres Meisterwerk»
Südostschweiz

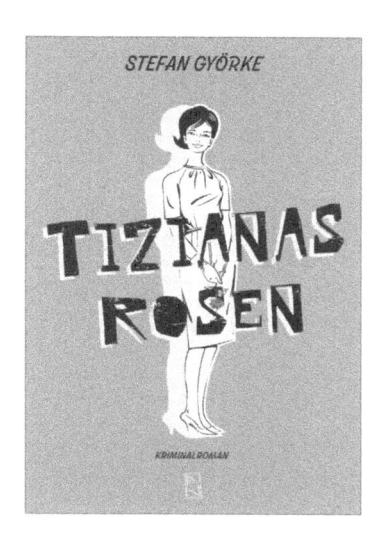

Stefan Györke
Tizianas Rosen

—

Roman
184 Seiten | CHF 27,90 | ISBN: 978-3-907238-42-4

—

Auf den ersten Blick ein Kriminalroman, entpuppt sich «Tizianas Rosen» als eine Erzählung über demütigende Verstrickungen in einer manipulativen Beziehung. Stefan Györke beschreibt Tizianas perfektes Verbrechen mit viel Klasse und scharfsinnigem Witz. Ein Buch, das man nicht weglegen möchte.

Weitere Lieblingsbücher und Literaturvideos auf
www.arisverlag.ch

Folge uns auf Social Media
www.facebook.com/arisverlag
www.instagram.com/arisverlag8424
www.tiktok.com/@arisverlag
www.youtube.com/@arisverlag9311